Karl-Hermann Kipp

Weg der Zwerge

Als Strafe vom Berggeist werden sie die Freude der Gärten

Herstellung und Verlag:
BoD - Books on Demand, Norderstedt

ISBN 978-3-7392-9905-1

Diese Geschichte ist eine Fiktion, Personen und Handlungen sind frei erfunden und doch hätte sich alles so zugetragen haben können. Die Geschichte erhebt nicht den Anspruch der Wahrheit zu entsprechen, obgleich es Fakten und Ereignisse gibt, die auf wahren Begebenheiten basieren.

Einleitung

Es geschah in einem kleinen Dorf des Thüringer Waldes.
Dort, wo uns das Grün der Tannen, der Fichten und Kiefern, das Grün der saftigen Wiesen und Sträucher begegnet, es hätte kein Maler besser malen und kein Architekt besser gestalten können, als es hier die Natur geschaffen hat.
Wo die Vielfalt der Tiere des Waldes in der Harmonie mit ihrer Umgebung und den Menschen lebt,
dort, wo viele Legenden ihren Ursprung haben, das Magische heimisch und wohin der Schleier der Zivilisation noch nicht vorgedrungen ist, dort sind noch Wahrheit, Stolz und das Leben anzutreffen.
Hier begegnen wir Menschen, die im Schweiße ihres Angesichts das tägliche Brot verdienen und die Alten in gebückter Haltung die Last der arbeitsreichen und leidvollen Jahre auf ihren Schultern tragen.
Hier kann sich ein Kind noch über einen singenden Vogel oder eine Blume am Wegesrand freuen.
Wo der Bauer und die Bäuerin nach harter Arbeit ein Glücksgefühl empfinden und sich die Bescheidenheit in ihrer Kargheit zeigt.
Dort wo die Ehrlichkeit noch keine vergessene Angelegenheit ist und die Flicken auf den Kleidern kein Makel sind,
wo Falten im Gesicht als Zeichen von Würde gelten und Armut für die Betroffenen keine Schande ist.

Dort, genau dort, ist auch die Heimat der Zwerge.

Wenn ihr neugierig geworden seid, so lest die Geschichte von Hannes und Karl in den Bergen.

Schieben wir das Tor der Geschichte ein Stück weit auf und blicken hinein in das Jahr um 1859.
Wir sehen das thüringische Land mit seinen grünen Tälern, seinen sanft ansteigenden Bergen und den klaren Bächen, die sich in Flüssen vereinigt durch das Land ziehen. Mit Menschen, von denen die einen, meist in den Städten, den Fortschritt mit seinen Veränderungen auf sich einwirken lassen und jene, die nach alten Traditionen, Sitten und Gebräuchen, das tägliche Leben meistern müssen. Es gibt ein harmonisches Zusammenleben bei den verschiedensten Dingen.

Das Miteinander im Alltag gehört zu einem friedfertigen und bodenständigen Volk. In den Waldregionen gibt es noch nicht so sehr die kleinbürgerliche Behaglichkeit mit ihrer Intoleranz und ihren unersättlichen Begehrlichkeiten. Hier ist man froher Dinge, wenn die Hürden des Alltags gemeistert werden und nur so viel übrig bleibt, um den kalten und harten Winter zu überstehen. Hier sitzen des Abends die Alten vor ihren Häusern, umgeben von spielenden Kindern. Der Fichten - und Tannenduft zieht in ihre Nasen. Ein leichter Wind bewegt ihr lichtes Haar und die Vögel geben ihre letzte Gesangseinlage vor dem Schlafengehen. Zwei Eichhörnchen klettern vergnügt von einem Baum zum anderen und ein kleiner Hund am Boden sieht ihnen neugierig zu und möchte es ihnen gleichtun. Doch sich mit seinen Vorderpfoten an den Baumstamm lehnen und bellen, damit erreicht er auch nicht deren Geschick und Kletterfertigkeiten, um ihnen auf die Bäume folgen zu können. Aus den Häusern dringt der Duft von einer kargen und für die Leute doch leckeren Abendspeise.

Die Hände des Mannes auf der Bank vor dem Haus sind mit Narben und Schwielen bedeckt, die Augen in seinem eingefallenen und hageren Gesicht spiegeln den Glanz dieser zauberhaften Natur wider. Wir sehen die Bäuerin und den Bauern frohgesinnt auf ihren kleinen und doch liebevoll gepflegten Äckern, die Kartoffeln aus der Erde harken, oder die Kräuter- und Beerenfrauen, wie sich emsig ihre Finger nach den reifen Früchten strecken, um damit ihre Gefäße zu füllen.

Mag unser Blickwinkel entscheidend sein, wie wir die Geschichte des Dorfes Lütsche beurteilen. Rückschauend betrachtet könnte man es auch als eine Fügung des Schicksals sehen, welches für die einen Trennung, Schmerz und den Verzicht auf Heimat bedeuten und für die anderen Ruhe, Ordnung und Frieden.

Der Ort Lütsche ist in jener Zeit vielen Bürgern der umliegenden Ortschaften und der Landesregierung des Herzogtums Sachsen Coburg Gotha selbst ein Dorn im Auge. Von hier ausgehend werden viele Straftaten - wie Holzdiebstahl und Wilderei - begangen. Ein notwendiges Übel der dort Ansässigen, um überleben zu können. Wilderei und Holzdiebstahl gelten in Lütsche und unter den Walddörflern entlang des Rennsteiges nicht als Verbrechen, sondern als etwas Selbstverständliches.
Vor vielen Jahren, bevor die Herzöge und Landgrafen das Land unter sich aufteilten, waren die Waldbewohner selbst die Herren des Waldes gewesen. Nun ist es eine schwierige Sache für die Regierung, diese Menschen eines Besseren zu belehren.

Für die Forstbeamten stellt es eine große Herausforderung dar, der Wilderer und Holzdiebe habhaft zu werden und sie zu bestrafen, außerdem ist es auch gefährlich für ihr eigen Leib und Leben.
Glauben wir der hinterlassenen Schrift „Verjagtes Volk" von H.A.Krüger, - gründen die Wäldler - einen geheimen Bund (Feme) und nennen sich fortan „die schwarzen Masker". Ihre Mitglieder ziehen sich über den gesamten Rennsteig entlang und erkennen einander an einem geheimen Knöcheldruck. Seine ungeschriebenen Statuten hat der gefürchtete und geheimnisvolle Bund mit seinem Blut unterschreiben müssen. Sein langer rächender Arm reicht über den gesamten Thüringer Wald und wehe dem, der auch nur daran denkt, an ihnen Verrat zu üben.

Selbst kapitale Hirsche aus den herzoglichen Revieren erlegen sie, und das Fleisch, das sie für den Eigenbedarf nicht brauchen, wird an Rasthäuser in der Region verkauft. Das geht so weit, dass den Bürgern vom Dorf Lütsche von der Gothaer Regierung Geld geboten wird, sollten sie das Dorf verlassen wollen, um auszuwandern, zum Beispiel nach Amerika.
Man denkt sich dabei, dass keiner von denen wieder so schnell in dieses Gebiet zurückkommen kann. Anfangs gibt es im Ort einen Zusammenhalt gegen die Bestrebungen der Regierung, was sich aber später ändert, denn die Leute beginnen von jetzt an, sich auch untereinander zu streiten.
Herzog Ernst II., von den Lütscher Maskern auch Schützenernst genannt, ordnete 1858 den Ankauf sämtlicher Immobilien von Lütsche an, um den darauffolgenden Abriss der selbigen zu vollziehen.

Lütsche Gedenkstein mit der Aufschrift:

„Lütsche"
O Wanderer, lenkst Du Deinen Gang,
Froh durch diesen stillen Grund,
Bedenke, es ist noch nicht lang,
Daß ein Dörfchen hier verschwund,
Unter Rasen, hier und dort,
Findest Du noch alte Mauern,
Ziehst gerührt dann von hier fort,
Herz voll Wehmut und auch Trauern.

Die umliegenden Ortschaften weigern sich, die Einwohner vom Dorf Lütsche bei sich aufzunehmen, da man befürchtet, sie könnten auch von hier aus ihre Diebstähle fortführen. So wird sich die komplette Ausbürgerung der Lütscher Einwohner noch über Jahre hinziehen, und erst im Jahre 1864/65 gilt der Ort Lütsche als geschleift.

Im Ort selbst ist es tagsüber eher ruhig, sieht man von den spielenden Kindern ab, die ab und an um die Häuser rennen. Ein Teil der Bewohner geht früh zeitig zur Arbeit in den Wald, ob als Holzhauer, Holzschneider, Harz-Zapfer oder Köhler. Die anderen arbeiten als Pechsieder, Pottaschen und Kienrußmacher, als Steinbrecher und Steinschleifer im Steinbruch am Borzel oder in einer Mühle, in der Porphyrsteine mit ihrer einzigartigen grobkörnigen Struktur zu Mühlensteinen bearbeitet werden. Dann gibt es noch jene, die sich vom Holzdiebstahl und der Wilderei in der Nacht ausschlafen müssen. Ihre Arbeit, wenn man das so nennen mag, ist äußerst gefährlich, aber nicht nur für sie selbst, sondern auch für die, denen sie des Nachts begegnen. Wilddiebe hat es seit jeher gegeben. Sie werden von der Obrigkeit verfolgt, gehasst und von den kleinen Leuten gefürchtet. Man erzählt sich spannende, oft auch gruselige Geschichten über sie und keiner weiß später noch, welche der Geschichten erfunden und welche sich wirklich zugetragen haben. Die Fantasie der Leute kennt da kein Erbarmen und immer wieder wird noch etwas Spannendes oder Gruseliges drangehängt und je mysteriöser und abenteuerlicher, umso unterhaltender sind die einsamen Abende in den Häusern vorm warmen Ofen bei

gedämpftem Kerzenlicht. Die Kinder sitzen muchsmäuschenstill auf den Fußböden und lauschen den Worten der Alten. Sie verkriechen sich unter den Tischen oder hinter den Schränken, damit sie ja nicht zu früh zu Bett geschickt werden, bevor die Geschichten zu Ende sind. Oft stehen ihnen vor Angst die Haare zu Berge, aber sie müssen um jeden Preis die Geschichten noch zu Ende hören.
Es wird einmal eine Zeit kommen, wo man sich diese Geschichten nicht mehr erzählen wird - schade eigentlich -, denn so geht ein wichtiger Teil dieses Volksgutes verloren. Ob sie nun wahr sind oder nicht, so haben sie doch bei einem jeden der Zuhörer Spuren hinterlassen, etwas Bleibendes, die Erinnerungen an eine Zeit verbunden mit den Sorgen und Freuden der Menschen und ihren Ereignissen.

Im Ort Lütsche gab es 9 Häuser mit 128 Einwohnern, davon allein 67 Kinder im Alter unter 14 Jahren.

Der Grenzstein, der am Ortsende von Lütsche das Gothaische vom Schwarzburgischen trennt

Besuch bei den Großeltern in Lütsche

Es waren einmal zwei Jungen, sie heißen Karl und Hannes und sind zu dieser Zeit um 1859 dreizehn Jahre alt. Sie besuchen erneut in den Sommerferien, wie auch schon ein paar Jahre vorher, für einige Wochen ihre Großeltern im thüringischen Dorf Lütsche bei Gräfenroda, unweit von Oberhof gelegen, den bekanntesten Wintersport und Urlaubsortes in Thüringen.

Aus der Stadt Jena wird Hannes von seinem Vater mit der Eisenbahn, die schon seit ein paar Jahren fährt, zu seinem Cousin nach Erfurt gebracht, und von dort reisen die beiden, Hannes und Karl, mit der Postkutsche von Erfurt nach Arnstadt.
Begleitet werden sie von Karls Mutter, die eben so lange in Arnstadt verweilt, bis die beiden sicher in der Postkutsche nach Gräfenroda sitzen und dann wieder nach Erfurt zurückfährt.
Die beiden Jungen genießen die Fahrt mit der Postkutsche. Auch wenn sie zusammen mit noch vier Erwachsenen und einem Kind reisen müssen. Es sind drei Frauen, in Kopftücher gehüllt und an den Armen halten sie einen Korb mit Waren, die sie sich aus der Stadt geholt haben. Der ältere Mann scheint ein Geschäftsmann zu sein, nach seinem feinen Zwirn zu urteilen, den er am Leibe trägt. Auch ist sein Blick etwas streng und er schaut des Öfteren prüfend zu Karl und Hannes herüber, denen das aber nichts

auszumachen scheint, weil ihre Blicke und die des noch mitreisenden Mädchens nur draußen auf die Straße und die Umgebung gerichtet sind. Die Reise geht über holprige Straßen, vorbei an Leuten, die ihnen von den Äckern und Wiesen zuwinken. Ein kleiner Hund läuft der Kutsche bellend hinterher. Doch als er merkt dass sich niemand um sein Gebelle schert, dreht er um und läuft langsam den Weg zurück. Es ist auch für die beiden faszinierend den anderen Fahrgästen zuzusehen, wie sich jene bei jedem Wackeln und Schütteln der Kutsche die Kleidungstücke zurechtrücken.
„ Endlich sehen wir den Wald und die Berge", sagt Karl zu Hannes und stupst ihn mit dem Ellenbogen aus seinen Träumen. Er träumt davon, lange schlafen zu dürfen und von vielen Spielen im Wald und an den Gewässern, die ihnen allerlei Überraschungen bieten, Hannes liebt die Abenteuer. Zum Entsetzen der älteren Fahrgäste sagt Hannes. „ Die Fahrt könnte noch toller und auch länger sein, das Schaukeln macht richtig Spaß." Da blickt der ältere Herr noch ernster oder eher grimmig auf Hannes und sagt: „ Das könnte dir so passen, dass wir alle durchgeschüttelt werden. Du bist noch jung und unerfahren, komm erst mal in mein Alter, dann magst du es auch ruhiger." Hannes antwortet nicht darauf und blickt nur nach unten auf den Boden.
Am späten Nachmittag kommen Karl und Hannes in Gräfenroda an.
Nur langsam steigen die beiden aus der Postkutsche. Sie räkeln und strecken ihre Arme und Beine, die durch das eng aneinander Sitzen eingeschlafen sind.

„Jetzt könnte ich ein schönes Stück Wurst und Brot gebrauchen", sagt Hannes: „ Dann würde ich erst einmal hier sitzenbleiben und ganz gemächlich essen".
Jeder von den Jungen setzt seinen Rucksack auf den Rücken, in dem er alle persönlichen Dinge hat, die er für den Aufenthalt bei den Großeltern braucht.
Nun durchqueren sie die lange Straße durch Gräfenroda, laufen in Richtung Dörrberg und biegen vor dem Dorf nach rechts ab. Sie laufen durch den Lütschegrund, ein langes Tal gesäumt von den sanft ansteigenden Bergen mit kleinen Äckern und Weideflächen, auf denen vereinzelt ein paar Kühe und Ziegen an Pfählen, die in die Erde geschlagen wurden, festgekettet stehen. „Endlich haben wir Ferien und können uns wieder einmal austoben", sagt Karl. „Ja, jetzt sind wir vogelfrei. Unsere Eltern sind weit weg und bei den Großeltern ist es schön. Hier dürfen wir herumstromern, juhu, das ist ja prima", jubelt Hannes. Karl ergänzt. „ Und die vielen alten Geschichten, die wir wieder zu hören bekommen." Dann erreichen sie das kleine Dorf Lütsche. Ihre Ankunft wird durch die vor den Häusern spielenden Kindern, die jetzt vor Neugierde innehalten und nach den Erwachsenen rufen und die bellenden Hunde, gemeldet.
Karl und Hannes lassen sich davon nicht stören. Sie überqueren eine kleine Brücke, gehen den Lütschebach entlang, an dem Haus des Schultheiß vorbei, biegen die Straße rechts ab und schon stehen sie vor dem Haus, in dem die Großeltern wohnen. Unweit ist auch die Kegelbahn. Hier haben sie sich im vorigen Jahr beim Kegeln der Großen ein paar Pfennige mit dem Aufstellen der Kegel verdient. Die Konkurrenz für diese Tätigkeit ist

aber groß, denn die Kinder im Dorf reißen sich alle um diese Arbeit und den Verdienst. „ He, ihr zwei, ihr seid doch wieder da. Voriges Jahr wart ihr auch schon bei uns im Dorf und euren Großeltern gewesen", hören die beiden einen Jungen aus dem Fenster rufen und erkennen ihn wieder. Es ist eines der Huhn`s Kinder, der Sohn von der Auguste , die mehrere uneheliche Kinder hat, und Hannes und Karl haben sich immer gut mit ihm verstanden. Die Kinder spielten viel zusammen an der Straßengabelung vor der Kegelbahn und an der alten Mühle, nebst dem Mühlenrad.

Einmal im Jahr - und das schon seit drei Jahren - gibt es für die alten Leute den Ausnahmezustand.
Die Großeltern freuen sich jedes Mal über die Ankunft ihrer beiden Enkelkinder, aber ebenso glücklich sind sie, wenn die beiden wieder abreisen.

Das Haus und die Wohnung der Großeltern

Das Haus, in dem die Großeltern wohnen, hat Parterre zwei Räume und eine kleine Abstellkammer, das Zimmer der Witwe Wehner und die Küche einer anderen Familie, die weitere zwei Zimmer in der oberen Etage hat.
Im Dachgiebel ist eine kleine Abstellkammer mit Fenster, in der Karl und Hannes auf dem Strohbett schlafen müssen. Auf der anderen Giebelseite befindet sich die Kammer des größeren Sohnes der Familie im Haus. Im Obergeschoss befindet sich außer den zwei Zimmern der Familie noch eins, in dem ein altes Paar wohnt. Der Mann, der kränkelt, ist Holzhauer gewesen und die Frau verdient sich auch heute noch das Geld mit Beeren pflücken, Pilze suchen, Tee und Kräuter sammeln, oder sie trägt im Wald Reisig und Holz zusammen, bindet es zu kleinen Ballen und nimmt es mit nach Hause.

In der Kammer, in der Karl und Hannes schlafen, befinden sich eine große Holztruhe und ein riesiger Leinensack gefüllt mit Stroh.
Die Eingangstür des Hauses, bei der sich das Holz schon etwas verzogen hat und die auch nicht mehr richtig schließt, ist den ganzen Tag geöffnet. Karl und Hannes haben die Tür auch noch nie verschlossen gesehen. Vielleicht gibt es für diese Tür auch keinen Schlüssel mehr oder das Schloss ist eingerostet.
Der Flur ist mit Sandstein ausgelegt und ab und an laufen auch die Ameisen schon mal auf den Steinen herum.
Gleich unten rechts vom Flur ist die Küche der Großeltern, an der das Wohnzimmer angeschlossen ist.
Die Küche hat ein Fenster zum Garten hinaus und vor dem Fenster befindet sich ein rechteckiger Tisch mit einer Schublade auf der Längsseite. Die Beine des Tisches sind geschwungen, wie auch die Beine der vier Stühle, von denen zwei an der Längsseite und je ein Stuhl rechts und einer links stehen. Des Weiteren steht ein Sofa an der Wand, auf dem die Großmutter auch nachts schläft und ein Küchenschrank, auf dem viele Dosen und Büchsen mit Kräutern, Zucker, Salz, Mehl und anderen Dingen, die die Großmutter zum Kochen benötigt, stehen. An der anderen Wand steht eine Waschkommode, auf der sich eine Schüssel und ein Krug mit Wasser befinden. Neben der Schüssel liegt ein Stück Seife auf einer Porzellanschale, und über der Kommode hängt ein Bord mit Handtüchern.
Auf diesem stehen drei Porzellandosen mit Soda, Seife und Sand. Das wichtigste Stück in der Küche ist aber der Herd mit einem langen Rohr, das oben unter der Decke in den Schornstein geht. Neben dem Herd steht eine Holzkiste mit

Deckel und einem Kissen darauf. Die Holzkiste wird ständig vom Großvater oder der Großmutter mit Holz aufgefüllt, da sie vieles davon im Ofen verbrennen.
Der Herd muss jeden Tag angebrannt werden, denn die Großmutter kocht täglich die Speisen und abends wenn es draußen kühler wird, spendet er eine wohlige Wärme, die für die älteren Leute wichtig ist. An der Seite des Ofens befindet sich ein Wasserbehälter mit einem Hahn, von dem sie das warme Wasser in eine Schüssel oder einen Topf laufen lassen kann.
Oft, wenn es draußen kalt ist, sitzt der Großvater auf der Holzkiste neben dem Ofen und wärmt seine Beine.
Auf dem Küchentisch in der Nähe des Fensters liegen sein Tabakbeutel und die Pfeife. Am Abend, nach getaner Arbeit, zündet er sich sein Pfeifchen an und schaut durch das Fenster in den Garten. Das schönste Stück ist die Wanduhr in der Küche. Sie hat ein großes Holzschild auf dem die Zahlen stehen, ein langes Pendel und zwei Gewichte, die der Großvater jeden Tag erneut nach oben ziehen muss. Das Ticken kann man sogar bei offenem Fenster draußen im Garten hören. Neben der Küche ist das Wohnzimmer der Großeltern.
In der Ecke des Raumes steht ein Kleiderschrank und neben der Tür befindet sich ein kleiner Eisengussofen. Gegenüber der Tür steht ein Sofa, auf dem der Großvater schläft, und davor steht ein Tisch mit zwei Stühlen.

An der anderen Wand steht eine braune Kommode mit drei Schüben, auf der der Großvater seine silberne Taschenuhr liegen hat. Sie wird mit einem kleinen Schlüssel aufgezogen. Er hat sie von seinem Vater nach dessen Tod geerbt.

Nur selten trägt der Großvater sie in seiner Jacken - oder Hosentasche. Er hat Angst, dass das Erbstück seines Vaters verlorengeht oder man sie ihm vielleicht sogar stiehlt. Nur die Enkelkinder dürfen sie ab und an, wenn der Großvater sie aufgezogen hat, einmal in die Hand nehmen. „Lasst sie aber ja nicht fallen und dreht nicht den Schlüssel herum", hören sie ihn sagen.

Einen Keller hat das Haus nicht, nur eine mit einer Brettertür abgedeckte Grube befindet sich in der Küche, die innen mit Steinen an den Wänden ausgelegt ist. An kalten oder auch warmen Tagen wird sie als Vorratsstätte genutzt, weil sich die Temperatur in der Grube kaum verändert.

Das Zimmer der Frau Wehner kennen die beiden ja auch. Dort stehen an der langen Wand zwei Betten hintereinander, in denen sich auch Leinensäcke mit Stroh gefüllt befinden. Links davon unter dem Fenster ist eine kleine Kommode, vor den Betten ein kleiner Tisch mit zwei Stühlen und rechts steht ein kleiner Herd. An der gegenüberliegenden langen Wand, wo sich auch die Tür befindet, steht links ein kleiner Schrank und auf der rechten Seite ein Waschtischchen mit Krug und Schüssel.

Hier hat die Frau Wehner mit ihrem Mann zusammen gelebt und ist nun allein in diesem Zimmer.

Der Ort Lütsche liegt im schönen Tal des gleichnamigen Baches Lütsche. Die waschechten Stadtkinder Karl und Hannes können hier die Ruhe der Wälder, die gesunde Luft und das klare Quellwasser, in dem sie viel spielen und auch baden, genießen.

Des Nachts, wenn sie auf ihren Strohbetten liegen, hören sie oft von draußen den Waldkauz rufen. Karl und Hannes können abends nicht immer sofort einschlafen.
Sie stellen sich an das geöffnete Kammerfenster und blicken hinunter auf die Wiese mit dem angrenzenden Wald.
Sie hören das Rauschen der Tannen und Fichten, es ist, als würde der Wald mit ihnen reden wollen, um seine Geheimnisse stückchenweise preiszugeben.
Die Dunkelheit sorgt noch für die nötige Spannung, die den beiden ihre Stimmen lähmt und die Müdigkeit verdrängt.
Der Nachtwind weht ihnen in ihre Gesichter und sie streichen die flatternden Haare von den Augen, um klar und ungehindert in der Dunkelheit sehen zu können.
Nur ab und an treffen sich ihre Blicke, dann, wenn sich zu dem Rauschen des Waldes ein Knacken von Ästen gesellt.
Nicht das Geräusch der Bäume, wenn sich ihre Kronen im Winde wiegen und mit einem hörbaren Schlag zusammentreffen.
Nein, es ist das Knacken von Ästen im Unterholz, was eine Bewegung von Mensch oder Tier vermuten lässt.
Das bringt ihr Blut zum Stocken. Es ist die Neugier, die Vorahnung auf das, was kommen mag, die Faszination in der Nacht.
Der Himmel ist voller Wolken. Ab und zu gewinnt der Mond ein freies Stück und kann ungehindert sein gedämpftes Licht nach unten schicken, dann können sie auch die Wiese und den Wald sehen.

Plötzlich tritt ein Hirsch aus dem Schutz des Waldes heraus, um sich an dem saftigen Gras der Wiesen gütlich zu tun.
Immer auf der Hut um jeden störenden Geruch oder störende Geräusche wahrzunehmen. Ein zweiter stattlicher Hirsch betritt die Wiese, Hannes und Karl werden königlich für ihre Ausdauer belohnt.
Dann kläfft ein Hund im Dorf und die Hirsche sind auch schnell wieder im Dickicht verschwunden.

Die Jungen schließen ihr Fenster und legen sich zum Schlafen auf ihren Strohsack nieder.
Wenn Karl und Hannes am zeitigen Morgen oder am späten Abend zu der Wiese vor dem Wald laufen, haben sie oft die Begegnung mit ihrem Freund, dem Reinecke Fuchs.
Die drei sind schon vertraut und nähern sich stets auf Schrittlänge.
Doch ist es ihnen von den Großeltern verboten worden, den Fuchs zu berühren, denn der könnte auch die Tollwut übertragen.
Aber der Fuchs kommt zwar nahe heran, sein Instinkt lässt ihn jedoch den Menschen nicht trauen. Bei jeder kleinen Bewegung der Jungen zieht er sich wieder ein Stück zurück.
Das sind die vielen Freuden der beiden Jungen, auf die sie nie und nimmer verzichten möchten auch mit keinen anderen Kindern tauschen wollen.

Sie stromern im Wald umher, suchen sich hier und da ein paar Beeren, ärgern auch schon mal andere Kinder auf ihren Streifzügen durch die Dörfer, wie Dörrberg, Gräfenroda, Frankenhain; selbst bis Geschwenda und Arlesberg sind sie schon gelaufen.

In Lütsche leben viele Kinder, von denen die großen stets bei der Arbeit im Wald oder auf den Feldern helfen müssen. Nur die kleineren bleiben bei ihren Müttern zu Hause oder werden von Verwandten und Nachbarn betreut.
Von Zeit zu Zeit kommen die kleineren aus ihren Häusern heraus, um auf den Wiesen und Wegen zu spielen, dann sind sie leichte Opfer für Karl und Hannes.
Diese Strolche spielen mit den Kindern das eigens ersonnene Spiel namens „Mit verbundenen Augen das Gesicht mit dem Zeigefinger berühren." Dazu nimmt Karl eine Kerze, brennt sie an und hält einen Teller mit der Unterseite knapp über die Flamme, so dass der Boden des Tellers mit Ruß belegt ist.
Er geht mit Hannes zu den Kindern, drückt den mit Ruß beschmierten Teller einem kleinen Kerl in die Hand und verbindet ihm die Augen. Er sagt zu ihm: „Du musst zuerst mit deinem Zeigefinger den Boden des Tellers finden und mit dem Finger darunter kreisen. Danach musst du dein Gesicht mit dem Finger treffen und über die Stirn und die Wangen streichen. Mal sehen, ob du das schaffst." Der kleine Junge schaut die beiden lachend an und erwidert mutig: „ Das schaffe ich doch spielend", und streift mit dem Finger erst unter den Teller und dann ins Gesicht. Als der Junge fertig ist, nimmt Karl ihm den Teller wieder aus der Hand, entfernt den Verband von den Augen des Jungen, woraufhin Hannes und Karl schleunigst das Weite suchen.
Dann merkt der Kleine, dass er einen schwarzen Finger hat und läuft ins Haus.
Von drinnen hört man das Schimpfen der Mutter: „ Du Dreckspatz, was hast du denn gemacht, dein Gesicht ist ja kohlrabenschwarz? "

Die Mutter hat ihre liebe Not, das verschmierte Gesicht des Jungen vom Ruß zu befreien.

Hannes und Karl laufen durch den Lütscher Grund zur Steinigen Lütsche, dann zum obersten Wiesengrund, zum Löffelbühl und auch bis auf den Gipfel des Berges nach Oberhof. Oder sie laufen durch das Kehltal, in dem sich der Schuderbach und der Bärenbach vor ihnen ausbreiten. Das sind Gewässer, in denen sie hoffnungsvoll nach Forellen suchen. Sie stellen sich mit den Füßen in einen Bach und suchen nach größeren Steinen, darauf spekulierend, dass sich darunter eine Forelle versteckt. Nicht immer, aber manchmal, haben die beiden Glück beim Suchen.
Doch selbst wenn sie die Forelle in ihren Händen halten, das glitschige Tier aus dem Wasser herauszubekommen, ist das Problem. Dabei ist schon ihre Geschicklichkeit gefragt. Meistens rutschen sie ihnen aus den Händen, aber aufgeben kommt nicht in Frage.
Sie stecken die toten Fische auf eine Rute, die sie sich von den nahegelegenen Büschen abbrechen und gehen erst dann wieder nach Lütsche zurück, wenn der Stab voller Fische ist. Ihre Kleidung trieft vor Nässe, selbst die Haare sind nass geworden, so emsig waren sie bei der Sache. Ein paarmal sind sie von den glitschigen Steinen weggerutscht und mit dem ganzen Körper in den Bach gefallen. Nun laufen die beiden durchnässt, die mit Fisch bestückten Rute auf den Schultern und ein Liedchen trillernd, nach Hause.
Zu Hause ist die Großmutter überrascht und freut sich über den reichen Fang ihrer Sprösslinge. Sie schimpft sie auch nicht wegen der nassen Kleider und holt eiligst Tücher um

ihre Haare trockenzureiben. „ Das habt ihr ja prima gemacht, die werden uns heute Abend schmecken." Gekonnt zerlegt die Großmutter die Fische und brät sie danach in der Pfanne. Die Jungen schneiden Laiber Brot dazu und schon steht ein leckeres Abendessen für die Stadtkinder auf dem Tisch.

Oft fangen sie nur kleine Fische, das ist den beiden aber ganz egal – die Hauptsache ist, sie können immer etwas von ihren Ausflügen mit nach Hause bringen. Wenn sie in anderen Dörfern unterwegs sind, ernten sie auch ab und an Kartoffeln und Rüben auf fremden Äckern oder sie gehen in fremde Gärten und klettern auf Kirschbäume, um sich an den roten Früchten satt zu essen.

Es ist gerade Mittagszeit. Beide Jungen sitzen ein jeder in einem anderen Baum und sind damit beschäftigt, die saftigen Kirschen zu pflücken. Da hören und sehen sie einen älteren Mann unter den Bäumen laufen. Es ist der Gartenbesitzer, der nach dem Rechten sehen will und wahrscheinlich überlegt, wann er mit der Ernte der Kirschen beginnen kann.

Die beiden verhalten sich absolut still zwischen den Zweigen und man könnte ein Blatt fallen hören, so still ist es geworden. Durch das dicke Blattwerk kann der Mann die beiden in den Baumkronen vermutlich nicht sehen - oder doch?

Vielleicht denkt er an seine eigenen Kindertage und tut nur so, als sähe er sie nicht.

Auf alle Fälle sind sie froh, als sie sehen, dass sich der Mann wieder von den Kirschbäumen entfernt. Sie liegen noch eine Weile nach dem Schreck bewegungslos auf den Ästen und steigen dann langsam, noch ängstlich um sich schauend von den Bäumen herunter. Man kann es ja nicht wissen, aber vielleicht hat sich der alte Mann noch irgendwo versteckt. Doch es bleibt ruhig und die beiden bekommen nach dem Schreck einen solchen Durst, dass sie eilig zum nächsten Bach laufen, um frisches, klares Wasser zu trinken. Auf dem Nachhauseweg müssen sie abwechselnd hinter den Büschen verschwinden, so schlimm haben sie den Durchfall bekommen.

Aber egal, am nächsten Morgen ist das doch alles wieder vorbei und vergessen, im Übrigen auch die guten Vorsätze, nicht mehr zu stehlen und keine Leute zu ärgern.

An diesem Tag stehlen sie vom nahe gelegenen Sägewerk in Dörrberg Bretter, tragen diese durch den Wald bis hin zum Schwarzbach und bauen neben dem Weg, der vom Wald in das Dorf führt, eine Hütte daraus. Von der Nagelschmiede in Gräfenroda haben sie ein paar gestohlene Nägel in ihren Taschen und einen Hammer aus Großvaters Schuppen mitgenommen. Die Bretter verdecken sie zusätzlich mit Reisigzweigen und verstecken sich dahinter, wenn sie Frauen und Kinder im Wald Beeren pflücken sehen. Jedes Mal, wenn diese mit den von Beeren gefüllten Gefäßen vorüberkommen, brummen die beiden wie ein Bär. Die armen Frauen oder Kinder sind furchtbar erschrocken und keiner von ihnen denkt daran, dass es ja eigentlich gar keine Bären mehr in diesen Wäldern gibt und laufen oder rennen eilig den Weg entlang, um schnell wieder aus dem Wald herauszukommen. Dabei fällt schon der eine oder andere Beerenkrug zu Boden und die Leute lassen ihn vor lauter Angst liegen. Wenn dann die Frauen und Kinder verschwunden sind, laufen Karl und Hannes zu den Krügen und essen die Beeren in aller Ruhe auf. Einfälle haben die beiden immer - nur keine guten.

Die Jauchegrube

Eine besondere Freude bereitet es den beiden, die Duftnerven der Dorfbewohner etwas anzuregen. Die beiden warten auf mit ungeahnten neuen Dimensionen, die ihnen hier im Ort wohl keine Freunde bringt.
Dazu benötigen sie den Jaucheschöpfer und einen alten Eimer mit einem langen Stiel daran. Sie suchen sich einen weiteren Eimer und gehen zum alten Holzklosett hinter das Haus.
Die Grube unter dem Klosett ist seitlich mit Holzbohlen abgedeckt, damit keiner aus Versehen in die Grube fällt. Karl hebt zwei Bohlen heraus und stellt den Eimer neben die Grube. „Pfui – oh – das stinkt ja mächtig", hört Hannes den Karl sagen und beginnt den Jaucheschöpfer in die Grube hinein zu schwenken, füllt ihn mit der stinkenden Brühe und schüttet sie in den Eimer.
„ Hab dich nicht so Karl, dafür macht es uns dann auch einen riesigen Spaß, wenn die anderen die Nasen rümpfen." Anschließend legen sie die Bohlen wieder über die Grube und bringen den Schöpfer zurück in den Schuppen.
Karl bricht sich einen Zweig mit Blättern aus einem Busch heraus, den er in den Jaucheeimer steckt.
Jetzt suchen die beiden nach geeigneten Opfern für ihren schändlichen Plan, der förmlich zum Himmel stinkt.
Sie laufen mit dem Eimer auf eine Wiese hinter den Häusern, wo Kühe und Ziegen an Pflöcken und Stricken angebunden stehen. Karl zieht den mit Jauche völlig

verschmierten Zweig aus dem Eimer heraus und bestreicht damit behutsam eine Kuh. Das ist vielleicht ein Gestank! Nur begeht er einen großen Fehler. Er bestreicht auch den Schwanz der Kuh mit dieser stinkenden Brühe und als er gerade so an der Seite den Rücken noch einschmieren will, beginnt die Kuh ihren Schwanz auf den Rücken zu schwenken und Karl bekommt eine Ladung Jauche ins Gesicht. „Verdammte Scheiße, so ein Mist", jammert er laut und Hannes muss sich vor Lachen seinen Bauch halten. Hätte der doch nicht gedacht, dass er schon früher seinen Spaß haben kann. Karl wischt sich mit dem Ärmel über das Gesicht und macht schnaufend weiter, sein Werk zu vollenden.

Aber das soll längst nicht alles gewesen sein, lieber Leser! Nun suchen die Bösewichte noch nach Hunden und Katzen, denen sie Jauche aufs Fell pappen können.
Das reicht ihnen immer noch nicht. Es ist ja noch etwas im Eimer, und so beschmieren sie auch noch an einigen der Häuser die hinteren Fenster.
„Der Eimer ist leer", sagt Karl, „was nun?"
„Wir holen noch etwas Dickeres und legen es auf die Trittstufen und Wege", antwortet Hannes.
Schnell laufen die beiden zurück zum Klosett und holen diesmal mit einer Schaufel etwas Dickeres heraus. Sie füllen es erneut in den Eimer und verteilen die stinkende Pampe flink und möglichst geräuschlos auf den Trittstufen und Wegen. Ständig muss einer von ihnen auf der Hut sein und nach den Kindern und Leuten Ausschau halten, dass sie ja keiner bei ihren Taten erwischt. Zum Glück ist der Geruch mit der Zeit etwas verflogen, aber es reicht noch für ein großes Ärgernis. Am späten Nachmittag kommen die Leute wieder von den Wäldern und Äckern zurück nach Hause. Da hören die Jungen von überall her ein lautes Schimpfen.
Erst beschimpfen die Leute die Tiere, wie Hunde und Katzen. „Wo seid ihr nur herumgezogen, in welcher Jauchegrube habt ihr euch denn gewälzt, schert euch raus!" Und die armen Tiere müssen draußen bleiben. Doch spätestens, als die Dorfbewohner die zahllosen Haufen auf den Trittstufen liegen sehen und merken, dass leider auch ihre Fenster stinken, wissen sie, dass dies ein böser Streich ist. Vielmals denken die Einwohner von Lütsche, dass diese Streiche von denen angestiftet werden, die sie hier weghaben wollen.

Pfeife rauchen

Karl und Hannes besorgen sich Kastanien, Kartoffelkraut sowie trockenes Laub aus dem Wald.
Die Kastanie höhlen sie mit einem Messer bis auf die Schale vollständig aus, schneiden ein winziges Loch in die Seite und stecken ein kurzes Stück Kartoffelkraut hinein. Anschließend zerkleinern sie das getrocknete Laub und stopfen es in die Kastanie. Karl holt ein Streichholz aus der Hosentasche und Hannes steckt sich das Ende des Kartoffelkrautes in den Mund. Karl zündet das andere Ende an und hält das Feuer über das zerkleinerte Laub, wobei Hannes kräftig am Kartoffelkraut zieht und dabei dicke Rauchschwaden aus dem Mund bläst. Abwechselnd ziehen einmal der eine und dann der andere an der selbstgebauten Pfeife. Sie betreiben dieses Spiel solange, bis ihnen speiübel wird. Die Büsche unterwegs auf dem Nachhauseweg dienen ihnen erneut als notdürftiges Örtchen. Geneigte Leser, wie ihr euch denken könnt, ist ein Durchfall nicht mehr aufzuhalten.
Die einen lernen aus Fehlern, die anderen müssen immer wieder alles ausprobieren und lernen vielleicht dann etwas, oder - auch nicht.

Die Hagebutten

Es sind die besonderen Tage, an denen die Kreativität der beiden wohl keine Grenzen kennt. Sie laufen wie Detektive durch das Haus. Auf der Suche nach etwas Spektakulärem, womit sie ihre Lachnerven und den Drang nach Spaß befriedigen können. „He, du, komm lass uns auf dem obersten Boden nachsehen, vielleicht finden wir doch noch etwas, womit wir uns die Zeit vertreiben können", sagt Karl zu Hannes und schleicht sich an die Holztreppe, die zum Boden führt. Hannes steht ratlos im Flur und erwidert nur: „ Mein Gott, dann gehen wir eben nach oben, dort finden wir sowieso nichts." Aber er trottet lustlos Karl hinterher und hofft nur, dass der wenigstens etwas findet, was sein Gemüt aufheitern lässt. Langsam und mit Bedacht schleichen sie Stufe für Stufe nach oben. Nur keinen Lärm machen und unbemerkt zum Boden gelangen, damit ihr Rumschnüffeln auch keiner bemerkt. Sie haben den kleinen Boden ganz unter dem Dach erreicht und das letzte Stück mussten sie auf einer schmalen Holzleiter hochklettern. Dabei wäre Hannes fast von der Leiter gefallen, konnte sich aber in letzter Sekunde an einer Sprosse festhalten. Karl hätte ihn ja auch warnen können, dass oben eine Sprosse an der Leiter fehlt und er da besonders aufpassen muss. Aber es ist noch einmal gut gegangen und Karl öffnet das kleine Türchen zum Speicher. „Meine Güte, der Großvater oder die Großmutter können hier oben ja gar nicht stehen, die müssen auf den Knien herumrutschen, anders geht das nicht", bemerkt Hannes und steht in gebückter Haltung neben Karl. Ein Fenster gibt es hier oben nicht, nur eine Öffnung in der Giebelwand. Viel können die beiden nicht sehen. An einer Seite liegen mehrere kleine Ballen getrockneten Reisigs und davor eine Menge von Hagebutten, die die Großmutter zum Trocknen auf den Boden gelegt hat. „Nun siehst du, dass hier auch nichts zu holen ist", sagt Hannes und setzt sich auf den Boden. „ Das hast du dir aber nur gedacht, mein lieber Scholli, hier liegt das Glück greifbar vor uns auf dem Boden", antwortet Karl. Und Hannes: „Von welchem Glück redest du? Ich verstehe nicht ganz." Karl hebt eine der vielen Hagebutten vom Boden auf, öffnet sie mit beiden Händen und holt die Innereien heraus. Auf seiner Hand hält er kleine Nüsschen mit vielen Härchen. Die Schalen lässt er auf den Boden fallen und reibt den Rest mit beiden Händen. „Sieh her Hannes, das ist unser Wundermittel. Wir müssen es nur noch den anderen Kindern irgendwie unter die Wäsche und auf die Haut bringen, dann müssen sie sich unaufhaltsam jucken. Du wirst sehen, was das für einen Spaß gibt." Beide Jungen stopfen sich ihre Taschen voll mit den Hagebutten der Großmutter und steigen wieder vorsichtig die Leiter und Treppe hinunter. Unten verstecken sie sich hinter dem Haus. Dort beginnen sie die Hagebutten zu öffnen. Die Innereien sammeln sie auf Karls Taschentuch. Als sie fertig sind, nimmt Karl die Kleinteile wieder auf und reibt sie mit seinen Händen. „Hier, nimm einen Teil und stecke es in deine Tasche. Wenn wir bei den Kindern sind, holst du unauffällig einen Teil heraus und steckst es denen unter den Kragen. Am besten ist es aber, wenn sie davon gar nichts mitbekommen. Remple sie an und streichele dann als Entschuldigung den Kopf oder den Hals und lass genügend von dem Zeug auf ihren Hals fallen", sagt Karl und gibt Hannes seinen Anteil. Nun laufen sie zu den spielenden Kindern und verteilen so mit allerlei Getue ihre Mittelchen. Es dauert eine Weile, aber dann haben sie es geschafft und können sich bis auf Sichtweite zurückziehen. Sie verstecken sich hinter einem Busch und beobachten das Treiben. Der erste Junge fängt schon an seinem Hals und dem Rücken zu jucken. Eines der Mädchen juckt sich die Stelle über den Hintern. Es ist schon über den ganzen Rücken verstreut. Ein Junge kommt sogar schreiend gelaufen und ruft nach seiner Mama. Die steht sofort in der Tür: „ Was ist los warum schreist du so?" „Mich juckt es am ganzen Körper, ich hab Läuse oder so was", antwortet der Junge. Die Mutter holt den Jungen herein, um nachzusehen und sieht die Rötungen auf seiner Haut. Gleich setzt sie Wasser auf den Herd. Der Junge muss sofort seine Kleidung ausziehen und danach wäscht sie den ganzen Körper ab. Zuletzt werden auch noch die Haare abgeschnitten und der Kopf ebenfalls mit Kernseife abgewaschen. Das geschieht nun bei den meisten Kindern, die sich über ein starkes Jucken beklagt haben. Karl und Hannes können sich vor Lachen nicht halten. Karl holt sein Taschentuch heraus um seine Nase und Augen abzutrocknen, die von dem vielen Lachen feucht geworden sind. Auch Hannes reibt sich mit den Händen im Gesicht herum und versucht so die Augen trocken zu kriegen. Was aber jetzt passiert, ist wohl die gerechte Strafe für ihre Schandtat. Karls Augen jucken und tränen unaufhörlich, auch bei Hannes. Überall wo er mit seinen Händen hin gefasst hat, juckt die Haut, besonders die Nase. Beide müssen ständig niesen und Karl benutzt sogar weiterhin sein Taschentuch. Endlich haben sie es begriffen, dass sie sich in ihrer Euphorie selbst das Hagebuttenpulver in die Augen und die Nase geschmiert haben. Das ist noch schlimmer als auf der Haut am Nacken. Beide trotten stöhnend nach Hause. „Was erzählen wir nun den Großeltern, nicht das sie uns auch die Haare schneiden, das wäre eine Blamage, wenn wir mit Glatze nach Hause kommen", sagt Hannes. Karl: „Komm lass uns an dem Bach das Gesicht abwaschen, vielleicht hilft das ein wenig." Sie gehen zum Bach, halten ihre Köpfe über das Wasser und spülen ihre Gesichter mit den Händen ab. Zum Glück lässt es nach und ist einigermaßen erträglich. Zu Hause fragt die Großmutter: „Eure Augen sind ganz rot, habt ihr wieder etwas angestellt oder habt ihr euch erkältet? Dann müsst ihr morgen mal zu Hause bleiben!" „Nein wir haben nur Brennnesseln gepflückt und mit den Händen in die Augen gerieben", sagen Karl und Hannes, „ hm, so war das." Den ganzen Abend noch brennen und jucken ihre Augen und Nasen. Aber am Tag darauf ist alles wieder vorbei und sie lachen über ihre eigene Dummheit, aber vor allen über die Kinder mit den geschorenen Haaren.

Die gestohlenen Eier

In Lütsche gibt es eine ehemalige Mühle, zu der die Knaben aufgrund ihres faszinierenden Wasserrades und anderer Spielmöglichkeiten öfters hingehen. Zu besagter ehemaliger Mühle gehört auch eine kleine Scheune, in der unter anderem auch mehrere Hühner mit ihren Nestern untergebracht sind.
Hannes hat eine Idee. „ Wie wäre es, wenn wir der Großmutter ein paar von den Eiern mit nach Hause bringen?" Ein Lächeln fliegt über das Gesicht seines Cousins. „ Ja, das ist wahrlich eine gute Idee, man muss ja auch mal bei den Großeltern glänzen können und vielleicht kocht uns die Großmutter zum Dank eine leckere Grütze zum Abendmahl." „Dann komm, lass uns schnell die Eier holen", sagt Hannes und beide laufen hinüber zu der alten Mühle. Die Scheunentür ist nur mit einem eisernen Riegel verschlossen, den sie zur Seite drehen und die Tür lässt sich öffnen. „ Mach langsam und scheuch die Hühner nicht auf, dann fangen die nur an zu gackern und durch den Lärm kann man uns vielleicht entdecken", flüstert Karl Hannes zu. Sie haben Glück, die meisten der Hühner sind durch das Loch in der Scheunenwand nach draußen gelaufen und sie haben jetzt ungehinderten Zugriff auf die mit zahlreichen Eiern gefüllten Nester. Hier liegt sie nun, die begehrte Ware. Jetzt stecken sie sich ihre Hosentaschen voll mit den weißen und grauen Eiern.
Freudestrahlend laufen sie nach Hause zur Großmutter und legen stolz die Eier auf den Küchentisch.

Diese runzelt skeptisch die Stirn.

„Wo habt ihr zwei denn die Eier her? Im Wald wo ihr ständig herumstromert, liegen doch keine Hühnereier herum, und verschenken tut hier im Dorf auch keiner etwas!"

Da bleibt ihnen nichts anderes übrig und sie gestehen der Großmutter ihre Ttat, die sie natürlich daraufhin beschimpft und mit aller Strenge auffordert, die gestohlenen Eier sofort zur Mühle zurückzubringen.

Nun liebe Leser, es ist weitaus schwieriger, die Eier wieder unbemerkt in die Nester zu legen, als sie aus den Nestern zu stehlen.

Mit ihren prall gefüllten Taschen laufen Hannes und Karl hinüber zur alten Mühle und schleichen sich zu der alten Scheune, wo sie vorsichtig die Tür öffnen. Doch in der kleinen Scheune sehen sie prompt die Frau des Hauses stehen, die gerade die restlichen Eier aus den Nestern nimmt und in ihr Weidenkörbchen legt. Dabei schimpft sie vor sich hin: „Ne, ne, ne, die Eier werden auch von Tag zu Tag weniger. Naja, bald kommt ihr in den Suppentopf."

„Verdammt, was wollen wir nun tun", flüstert Karl Hannes ins Ohr. „ Egal, wir verteilen die Eier in kleinen Abständen vor der Scheunentür bis zum Haus", sagt Hannes, holt auch schon das erste Ei aus seiner Hosentasche und legt es auf den Boden. „ Wir müssen uns aber beeilen, bevor die Alte wieder aus der Scheune kommt", sagt Karl und lässt ein Ei aus Versehen fallen. Beide haben gerade die letzten Eier aus ihren Hosentaschen verteilt, da hören sie auch schon die Scheunentür knarren. Schnell verstecken sie sich hinter einem Fliederbusch und sind beruhigt, dass die Frau nicht mehr so gut sehen und hören kann, sonst hätte sie die

beiden wohl bemerkt. „Patsch", hören es die beiden, als die Frau auf ein Ei getreten ist und wieder „Patsch", das nächste und wieder eins, so geht es mehrmals bis zum Haus. Schimpfend brummelt sie vor sich hin: „Diese dummen Hühner! Legen die Eier überallhin, wo gerade Platz ist, dass man sie zertritt. Man müsste sie alle sofort wegschlachten und eine Suppe davon kochen."
Hannes und Karl müssen sich hinter dem Fliederbusch vor Lachen gegenseitig die Münder zuhalten, damit die Frau sie nicht hören kann.

Das Gespenst

Im Haus der Großeltern wohnt Parterre die Witwe Wehner, ihr Mann - Gott habe ihn selig - ist vor ein paar Jahren verstorben.
Die arme Frau hat diese beiden nun wirklich nicht verdient, denn die zehnjährigen Knaben kennen manchmal keine Freunde. Wie viele Frauen in Lütsche verdient sie ihr weniges Geld mit dem Suchen und Pflücken von Arnika, Thymian, Baldrian und anderen Arzneikräutern sowie Beeren und Wurzeln. Die verkauft sie dann an Apotheken oder stellt selbst eine Reihe von Salben her.

Witwe Wehner besitzt nicht viel, aber sie gibt den Enkelkindern aus der Stadt, wann immer sie in Lütsche sind, einen Groschen, damit sie sich in Gräfenroda im Kolonialwarenladen etwas Schönes dafür kaufen können. Aber Undank ist der Welten Lohn.
Karl und Hannes besorgen sich von einem Speicher eines Bauernhofes in Gräfenroda jeder eine große Rübe und höhlen diese mit dem Messer komplett aus. Sie schnitzen ein grässliches Gesicht in die Rübe, und von dem Groschen der Frau Wehner kaufen sie beim Krämer in Gräfenroda ein paar Stearinlichter (Kerzen). Diese stellen sie in die ausgehöhlten Rüben hinein, setzen noch einen Deckel darauf und warten, bis es draußen dunkel geworden ist.
Dann stehlen sie sich leisen Fußes aus der Wohnung und holen ihre hässlichen Rübenköpfe hervor, zünden die Kerzen mit einem Streichholz an und laufen an das Fenster der Frau Wehner.
Karl klopft ein paarmal an die Fensterscheibe und beide laufen, die leuchtenden Rübenköpfe an das Witwenfenster haltend, vorbei und wiederholen diese Grausamkeit einige Male. Die arme Frau liegt erschrocken und ängstlich in ihrem Bett und wagt nicht, sich zu bewegen.

Der Farbtopf

Die beiden Jungen schlendern gemütlich, aber auch ein wenig gelangweilt durch das Dorf. Als sie am Haus des Dorfschultheißen vorbeikommen, erblicken ihre stets wachsamen Augen auf den Trittstufen einen Farbtopf mit Pinsel. Jetzt, um die Mittagszeit, ist weit und breit keine Menschenseele zu sehen und auch der Dorfschultheiß ist in sein Haus gegangen, um mit seiner Frau und den Kindern zu speisen.
Das kommt den beiden gerade recht und längst ist der Zeitpunkt wieder für eine kleine Abwechslung gekommen.
„Oha", sagt Hannes zu Karl, „ wir sind gefragt, wir müssen etwas tun, sonst ist es zu eintönig im Dorf. Aber das ändern wir", steigt die Stufen zum Schulzenhaus empor und schnappt sich geschwind den Farbtopf mit Pinsel. Schnell laufen sie unbemerkt mit ihrer Beute hinter die Häuser. Sie beginnen einen herumstehenden Handwagen einseitig mit der Farbe zu bemalen. Dann sehen sie eine Ziege, die auf den Rasenflächen hinter den Häusern angekettet ist. Dieser werden die Füße verschönert und der Kopf bekommt auch, bis auf Nase und Augen, eine neue Farbe. Dem Hund des Dorfschultheiß verpassen sie einen farbigen Schwanz und auch farbige Beine, einer Katze setzen sie eine Mütze auf den Kopf, das heißt, sie lassen dem erschrockenen Tier etwas Farbe über seinen Kopf laufen. Einen Riesenspaß bereitet es ihnen, diverse Türklinken, die sie unbeobachtet erreichen, mit Farbe zu

beschmieren und zum Schluss noch einen Klecks auf den Trittstufen zu hinterlassen. Auch an Häuserwänden verteilen sie ihre Spuren. Und alles, was ihnen unterwegs begegnet, darf einmal mit der Farbe Bekanntschaft machen. Der Schultheiß hat seine Mittagspause beendet, will nun mit neuen Kräften ans Werk gehen und seine Haustür zu Ende streichen. Er erhebt sich von seinem Stuhl, reckt seine Arme nach oben und dehnt seinen ganzen Körper mit einem „ oh und ah". Dabei läuft er, noch die Arme nach oben haltend, zur Haustür. Doch plötzlich schreit er durch das Dorf. „Was für eine Schweinerei! Wer hat den Türgriff voll Farbe geschmiert, und wer hat meinen Farbtopf gestohlen?" Das haben auch die anderen Leute im Dorf gehört und schimpfen ebenfalls über ihre verschandelten Häuser und andere Dinge, die voll frischer Farbe sind. Diesmal können sich die beiden, Karl und Hannes, nicht herausreden. Sie wurden bei ihren Schandtaten beobachtet und verpetzt. Der kleine Junge, der sich wegen ihnen Ruß in das Gesicht schmierte, hatte sie beobachtet und nun die Möglichkeit beim Schopfe gefasst, sich endlich zu rächen. Von den Großeltern und allen Leuten, denen sie begegnen, werden sie ausgeschimpft. „Ihr Flegel, ihr Taugenichtse! Man müsste euch einsperren und nicht wieder herauslassen!"
Diese harten Worte führen dazu, dass es die Bösewichter zum ersten Mal richtig mit der Angst zu tun bekommen. Denn, aufmerksamer Leser, die Leute in Lütsche, ob es die Holzhauer oder die Köhler sind, fackeln nicht lange und sind auch schnell dabei, einmal kräftig zuzuschlagen.
Deshalb lassen sich die beiden tagelang von keinem sehen.

Wenn die zwei austreten müssen, das heißt, zum Wasser lassen, stellen sie sich hinter das Haus und pinkeln auf die schönen Blumen. Müssen sie größere Geschäfte verrichten, suchen sie das alte, baufällige Holzklosett auf, dem lediglich eine kleine Öffnung als Sitz dient. Frühmorgens ist der Sitz durch die Kühle der Nacht durchaus feucht und kalt. Dann nehmen sie Papier und Streichhölzer, zünden das Papier an und lassen es auf der Klobrille abbrennen. Somit haben sie sich einen schönen warmen Sitz geschaffen. Beinahe ist ihnen das Klo abgebrannt, denn die Bretter sind schon angekohlt und Hannes zieht sein Hemd aus, um damit das Feuer zu ersticken. Leider ist das Hemd nun völlig hinüber, und die zwei holen Wasser, um den Rest der Flammen zu löschen. Als sie fertig sind, setzt sich Karl, da er ja noch sein Geschäft verrichten muss, auf das Loch und verbrennt sich seinen Hintern, der von dem Ruß auch noch kohlrabenschwarz geworden ist.
Wie heißt es so schön? Der liebe Gott bestraft die kleinen Sünden sofort.

Der Dorfschultheiß kommt am Abend nach dem Vorfall mit der restlichen Farbe zu den Großeltern, um Schadenersatz zu fordern.
Er verlangt eine Wiedergutmachung und außerdem sollen die zwei Strolche gezüchtigt werden. Was nichts anders heißt, als dass sie eine deftige Tracht Prügel erhalten sollen.
Auf alle Fälle steht eines fest: Sollten sie noch einmal die Leute von Lütsche mit ihren Streichen verärgern, dürfen sie nie wieder ins Dorf kommen.

Die Schneekopfkugeln

Karl und Hannes überlegen, wie sie den Großeltern das Geld für die Farbe zurückgeben können. Wie können sie etwas verdienen, ohne es gleich in mühevolle Arbeit ausarten zu lassen - wie zum Beispiel Beeren oder Pilze sammeln oder gar bei den Arbeiten im Wald helfen?
In dieser misslichen Lage muss Karl an den Markt in Erfurt denken, auf dem eine Frau aus dem Wald für einen Groschen Schneekopfkugeln angeboten hatte. Er sah es selbst, als er mit seiner Mutter Gemüse auf dem Wochenmarkt kaufte.
Besagte Schneekopfkugeln sind kugelförmige Steine, die in der Mitte zerschlagen werden, um das Innere der Steine - schöne Quarzkristalle, Achate oder Amethysten - zum Vorschein kommen lassen.
Die Steine sehen wunderbar aus. „Und wo finden wir die?", fragt Hannes.
Karl antwortet: „Wir horchen einfach mal den Großvater aus, der ist doch ständig im Wald unterwegs, und wenn er es weiß, wird er es uns auch verraten."
Sie gehen zum Großvater, der ohnehin noch sehr wütend auf die beiden ist. „Können wir dir etwas helfen, Großvater?", fragen sie ihn lauernd.
„Ja, das könnt ihr sehr wohl, ihr Taugenichtse", murmelt er. „Im Wald könntet ihr trockenes Reisig für den Herd sammeln."

Die beiden verziehen ihre Gesichter. „Das tun wir doch gern", antworten sie mit einem Gesichtsausdruck, als hätte ein jeder von ihnen einen Löffel Essig getrunken.

Also laufen sie unwillig los in den Wald und sammeln dort trockenes Reisig, zerbrechen es in kleine, tragbare Stücke, machen daraus kleine Ballen und tragen diese zum Großvater nach Hause.

Als der Großvater die beiden sieht, denkt er. „Na also, es geht doch'" und nimmt ihnen die Ballen von den Schultern. Sogleich fangen die beiden an, auf den Großvater einzureden. „Sag mal, Großvater, wir haben beim Reisig sammeln ein paar runde Steine gesehen, waren das etwa echte Schneekopfkugeln?"

Alte Ansichtskarte vom

Schneekopf um 1900

Schneekopf

Schneekopf

Thüringer Wald bei Gräfenroda

Wiese bei Gehlberg (Arnika)

Schneekopfkugel

„Nein", erwidert der Großvater, „die gibt es nur am Berg unterhalb des Schneekopfes, und außerdem ist nicht jeder Runde Stein gleich eine Schneekopfkugel.
Es sind Porphyr-Kugeln, die bereits vor vielen Jahren auch von Venezianern, für die diese Steine Schätze waren, aus einem Stollen am Schneekopf gehauen, in Gehlberg zertrennt und geschliffen wurden. Aber wie kommt ihr denn jetzt darauf?"
„Och, das haben wir mal gehört", sagt Hannes und hofft, kein übermäßiges Interesse in seinem Großvater geweckt zu haben.
Der alte Mann beginnt, den Jungen alles, was er selbst weiß, über die Schneekopfkugeln zu erzählen und verrät ihnen auch noch, wo man sie überall finden kann.
Die Ohren der beiden werden immer länger, und die Abenteuerlust steigt.

Die Sage vom Jägerstein

„Aber kennt ihr denn schon die Sage vom Forstmeister Valentin Grahner, der auf dem Schneekopf erschossen wurde?", fragt der Großvater die beiden und rückt sich seinen Stuhl zurecht, so dass er bequem darauf sitzen kann.
„ Nein, die hast du uns noch nicht erzählt, aber ich würde sie gerne hören", sagt Karl ganz neugierig und Hannes schließt sich an: „ M, ja, ich auch."
Der Großvater beginnt zu erzählen:

„Im Gräfenrodaer Kirchenbuch gibt es den Sterbeeintrag vom 16. September 1690, der Jägerbursch Johann Caspar Greiner hat aus Versehen seinen Onkel, den Fürstl. Sächs. Forstmeister in Verblendung einer Hirschgestalt, erschossen.

58

Der Neffe des Forstmeisters Valentin Grahner, der Sohn seiner Schwester Catharina, Caspar Greiner, ist der beste Schütze des Thüringer Waldes und seine Kugeln verfehlen nie ihr Ziel. Das ward dem Fürsten kundgetan und er nahm ihn mit auf die Jagd anstelle von Förster Valentin Grahner.
Der Neid des Försters wurde immer größer, zumal der Caspar auch noch für seine guten Schüsse eine Belohnung erhielt. Aus Neid wurde Hass und dieser wurde sein Verhängnis. Der Förster ging zu einer Hexe, die jenseits des Rennsteiges lebte. Mit Geld und guten Worten erlangte der Förster von ihr die Zauberkraft.
Er ging wieder guter Dinge nach Hause.
Seinen Neffen schickte er zur Schmücke, wo er einen Hirsch erlegen sollte.
Nach langem Warten trat ein Vierundzwanzigender aus dem Gebüsch. Caspar riss sein Gewehr hoch und schoss auf den Hirsch. Es gab einen Knall, Pulverschwaden verdeckten die Sicht und als diese wieder frei war, ward kein Hirsch mehr zu sehen. Der gute Schütze hatte das erste Mal nichts getroffen.
Die ganze Nacht suchte er das verwundete Tier, hat es aber nicht gefunden.
Als es schon hell wurde, machte er sich auf den Nachhauseweg. Sein Onkel hat ihn zu Hause höhnisch empfangen und meinte hinterhältig, er hätte doch geschlafen als der kapitale Hirsch an ihm vorüberzog.
Caspar ärgerte sich sehr über den Spott und Hohn seines Onkels. Caspar schwor sich, den Hirsch zu erlegen und es dem Onkel zu zeigen. Auch beim zweiten Mal verfehlte Caspars Kugel ihr Ziel.

Er irrte ratlos umher, bis er einen Glasmachermeister von der Gelberger Glashütte traf. Ihm erzählt er seine Geschichte von dem Pech mit dem Hirsch und der Glasmachermeister erkannte sofort, dass Caspar verhext worden war. Er versprach ihm eine Freischützen- Kugel, die jeden Zauber machtlos werden lässt.
Der Jägerbursche kehrt nach Gräfenroda zurück und muss sich wieder das Gespött des Onkels anhören.
Am Tag darauf holte sich Caspar um Mitternacht die gläserne Kugel und lauert auf den kapitalen Hirsch, der nicht lange auf sich warten ließ und auf die Lichtung trat. Er hatte das Gefühl, als wenn ihn mit den Augen des Hirsches sein Onkel auslachte und erneut verspottete.
Er schoss und traf den Hirsch mitten ins Blatt.
Das Tier fiel um und war tot.
Caspar konnte jubeln, denn der Zauber ward gebrochen und er hatte seine Treffsicherheit wiedergewonnen.
Glücklich, endlich den Hirsch erlegt zu haben, stürzte Caspar auf die Lichtung. Doch zu seinem Entsetzen sah er statt des Hirsches seinen Onkel stark blutend vor sich auf der Lichtung liegen. Die gläserne Freischützkugel hatte den Onkel, der sich durch den Zauber der Hexe in einen Hirsch verwandeln konnte, die Schläfe durchschlagen.

So, das war nun die Geschichte vom Förster Grahner und seinem Neffen den Jägerburschen Caspar Greiner", sagt der Großvater und steht vom Stuhl auf, um noch einmal nach draußen zu gehen. Schon halb draußen ruft der Großvater noch zurück: „Beim nächsten Mal, wenn ihr artig wart, erzähle ich euch etwas über den Joel von der

Schmücke, der im Oktober vor sieben Jahren verstorben ist."

Als der Großvater draußen verschwunden ist und die beiden allein sind, flüstert Karl verschwörerisch: „ Morgen ziehen wir los und gehen zum Schneekopf. Mit Hacke und Schaufel versuchen wir unser Glück."
Und Hannes ergänzt: „Dann werden wir vielleicht noch reich, juhu."

Es ist früh am Morgen, die beiden sind schon hell wach und laufen in die Küche, hier bereitet die Großmutter dem Großvater das Frühstück, da er immer zeitig in den Wald gehen muss.
„Was wollt ihr denn schon hier. Sonst schlaft ihr doch auch bis in die Puppen", wundert sich die Großmutter.
„Na, wir wollten eben auch mal wieder früher aufstehen", nuschelt Karl.
„Vielleicht werden doch noch ordentliche Menschen aus euch", sagt der Großvater und packt seine Sachen zusammen, um zur Arbeit in den Wald zu gehen. Der Großvater stellt Dachspäne her, wofür er immer viel Holzstücke benötigt, die er sich auch gleich im Wald auf Längen zurechtschneidet und gebündelt mit nach Hause trägt.

Die beiden, Hannes und Karl, beeilen sich mit ihrem Frühstück, das aus einer Tasse heißer Ziegenmilch und zerbröckeltem Brot, das sie mit einem Löffel in die Milch tauchen, besteht.
Der Großvater ist bereits aufgebrochen, und die Knaben werden ganz unruhig und zappeln auf ihren Stühlen hin und her. „Wir wollen heute auch zeitig weggehen, wir möchten uns einmal den Schneekopf ansehen. Dort oben auf dem Berg waren wir noch nicht", sagen sie zu ihrer Großmutter.
„Das ist aber sehr weit, da nehmt ihr euch ein paar Brote mit auf den Weg. Und kommt mir ja wieder zeitig nach Hause! Ärgert unterwegs keine Leute!", sagt die alte Frau zum Abschied.
Nun stehen die zwei auf, gehen aus dem Haus, schleichen sich zum Schuppen. Einer nimmt die Hacke und der andere die Schaufel über die Schulter.
Sie laufen hinüber nach Dörrberg und von dort immer weiter an der Wilden Gera entlang. Vorbei am Schwarzbach, lassen rechts das Kehltal liegen, entlang der Bettelmanns Wand, vorbei am Franzosenschlag, und nach einem langen und mitunter beschwerlichem Weg mit vielen Pausen stehen sie unterhalb des Schneekopfes.
Ja, erst einmal müssen die beiden wieder ausruhen und verzehren sogleich alle Brote, die ihnen die Großmutter mitgegeben hat.
„Wo sollen wir anfangen zu graben?", fragt Hannes seinen Gefährten. „Der Berg ist ja riesengroß."
„Dort oben sehe ich eine Lichtung. Da steht kein einziger Baum. Dort könnten wir nach den Steinen suchen", sagt Karl, und sie laufen nach oben zu der Lichtung.

Oben angekommen, fängt Hannes an, mit der Hacke den Boden zu lockern, und Karl schaufelt die mit vielen kleinen Steinen versetzte Erde heraus. Beim Hacken und Schaufeln trällern sie ein selbst gedichtetes Lied:

    Was sie nur alle wollen,
    bald wird der Taler rollen.

    Wir machen alles platt,
    was keine Beine hat.

    Wir sind ja auch nicht dumm
    und graben alles um.

    Kommt ihr dummen Berge
    und gebt uns eure Steine,
    sonst hauen wir euch zum Zwerge,
    dann habt ihr kurze Beine.

Der Berggeist

Ja, das geht eine ganze Weile so. Ein Loch entsteht neben dem anderen - aber solche Steine, welche ihnen der Großvater beschrieben hat, haben sie noch immer nicht gefunden.
Nach zwei oder auch drei Stunden läuft der Schweiß der Anstrengung ihnen bereits über ihre Gesichter. Der Berg erinnert eher an einen Streuselkuchen, so sehr haben die beiden gewütet. Sie haben zahllose kleine Löcher gegraben und doch nur unbrauchbare Steine gefunden.
Die Steinsucher setzen sich auf den Boden, um sich von ihrer Arbeit auszuruhen. Da erspähen sie eine Gestalt, die vom Gipfel aus zu ihnen hinabsteigt.

Ein älterer Mann mit weißem Bart tritt zwischen den Tannen hervor, am Körper trägt er eine Mönchskutte und auf dem Kopf einen spitzen Hut.
Die beiden begrüßen ihn, freilich ein wenig irritiert und erschrocken, wie ihr euch denken könnt.
" Hallo, Hochwürden, gibt es denn hier im Wald ein Kloster?" fragen die Kinder, die sich rasch wieder gefangen haben.
„Nein", spricht der Mönch, „ ich bin der Mönch des Berges. Aber was habt ihr hier bloß angestellt. Ihr habt den schönen Berg verunstaltet, überall Löcher gegraben! Das sieht ja fürchterlich aus, schaufelt ihr sie jetzt wieder zu?"
„Nein, nein guter Mann, das waren wir doch gar nicht, das ist schon so gewesen als wir hierhergekommen sind", schwindelt Hannes.
Der Mönch schüttelt den Kopf und fragt streng: „Was sucht ihr hier in diesem Wald?"
„Wir suchen Schneekopfkugeln", gesteht Karl, „davon soll es ja hier an diesem Berg eine ganze Menge geben." Der Mönch bleibt ganz ruhig stehen und überlegt mit einem etwas verkrampften Gesichtsausdruck.
Die beiden starren ihn an, und nach einer gefühlten Ewigkeit sagt er: „Ihr lauft in diese Richtung" und weist mit ausgestrecktem Arm nach rechts, „dort kommt ein Bach, den ihr überqueren müsst, um anschließend dem Weg ein Stück zu folgen. Dann seht ihr eine große Tanne stehen. Neben der befindet sich der Eingang eines Stollens, in dem ihr diese Steine findet, nehmt davon so viel ihr tragen könnt."
Ohne sich von dem Mönch zu verabschieden oder sich für die Auskunft zu bedanken, laufen die Knaben sofort los.

Der Mönch steht immer noch an gleicher Stelle, schaut den beiden hinterher und hat ein Lächeln im Gesicht.

Karl und Hannes laufen immer schneller in die angezeigte Richtung, dabei stürzt Karl vor lauter Aufregung in den Bach und hat sich beide Knie aufgeschlagen.
Aber er läuft trotzdem tapfer, leise stöhnend weiter und bald erreichen sie die alte große Tanne.
Aufgeregt wie Reisende kurz vorm Ziel suchen die Kinder nach dem Eingang zum Stollen, wie es ihnen der Mönch beschrieben hat.
Da ruft Hannes freudig laut und fast singend: „Karl! Hier ist er, wir haben ihn gefunden, jetzt sind wir reich!"
„Freu dich nicht zu früh! Warte erst einmal ab, ob das auch stimmt, dass hier die Steine liegen", sagt Karl noch etwas ungläubig.
Der Eingang zum Stollen ist dunkel, und die beiden suchen nach trockenem Reisig, um es in der Höhle anzuzünden. Das Licht des Feuers soll ihnen dabei helfen die Steine besser sehen zu können und drinnen nicht zu stürzen oder womöglich noch in einen Schacht zu fallen.

Sie werfen das brennende Reisig ein Stück in den Stolleneingang hinein und sehen verwundert wirklich genau die Steine auf dem Boden liegen, wie sie ihnen der Großvater beschrieben hat.
Eilig und voller Tatendrang gehen sie hinein und tragen jeder ein paar von den wertvollen Steinen heraus.
Nur wenige können sie mit nach Hause tragen, dafür sind sie zu groß und auch zu schwer. Morgen ist ja auch noch ein Tag, und dann wollen sie wiederkommen, um noch viel mehr von diesen kostbaren Steinen zu holen.
Aufschlagen wollen sie die Schneekopfkugeln erst zu Hause.
So machen sie sich wieder auf den Weg zurück ins Tal. Es ist ein beschwerlicher Marsch mit der Last der Steine. Erst am Abend kehren sie völlig erschöpft ins Dorf zurück.
Die Steine legen sie unauffällig in den Garten vorm Haus zwischen die anderen Begrenzungssteine für die Beete.
Als sie in das Haus und die Wohnung kommen, brummelt der Großvater: „ Wir haben uns Sorgen um euch gemacht, wo seid ihr denn so lange gewesen, wisst ihr denn nicht, wie spät es ist?"
„ Wir haben uns im Wald verlaufen", sagt Hannes darauf, und Karl ergänzt zur Bekräftigung: „Seht her, ich bin auch noch gestürzt und habe mir die Knie verletzt."
Die Großmutter wäscht das Blut von Karls Knie, die beiden Jungen essen noch ein Stück Brot und dann müssen sie ins Bett verschwinden.
Vorm Einschlafen sagt Karl zu Hannes: „Morgen früh werden wir die Steine erst einmal zerschlagen, bevor wir die nächsten holen, nicht, dass es nur einfache leere Steine sind und sie überhaupt keine schönen Kristalle enthalten."

„Du hast recht", gähnt Hannes. Dann gesteht er seinem Cousin noch, dass er den Bergmönch ganz schön gruselig fand, weil der plötzlich wie aus dem Nichts den Berg herunter kam. Kurz darauf schlafen die beiden tief und fest.

Was meint ihr, geduldige Leser, wird es wohl mit den Steinen auf sich haben? So lest weiter.

Die Enttäuschung

Der nächste Morgen ist keiner wie die anderen. Heute haben Karl und Hannes ein ähnlich vorfreudiges Gefühl wie vor Weihnachten oder einer Geburtstagsfeier.
„Welch schöne Kristalle werden wir in den Steinen finden?", denken sich die beiden.
Sowie die zwei die Augen aufgeschlagen haben, stehen sie von ihren Strohbetten auf und flitzen in die Stube, wo sie die Großmutter am Herd stehend empfängt: „Na, ihr beiden, welche Abenteuer erwarten euch heute?"
„Wir wollen nur ein bisschen hinter dem Haus spielen, sonst gehen wir nirgendwohin", sagt Karl.
„Das ist auch gut so, denn die Leute im Dorf sind alle noch wütend auf euch. Lasst euch also besser nicht so oft sehen", sagt die Großmutter und gießt den beiden die warme Ziegenmilch in ihre Tassen.

Der Großvater ist heute auch zeitig gen Wald aufgebrochen, sonst hätten sich die beiden auch von ihm eine erneute Predigt anhören müssen, vielleicht über hilfsbereite Enkelsöhne.
Nachdem sie das Frühstück beendet haben, ziehen sie noch flink ihre Schuhe an und verschwinden neugierig in den Garten.
Hier warten zwischen den Beet-Begrenzungssteinen ihre Schneekopfkugeln darauf, sich aufschlagen zu lassen.
Ein jeder trägt zwei Steine, die er mit beiden Händen halten kann, läuft damit hinter das Haus und legt sie neben Großvaters Hackklotz auf den Boden nieder. Es sind fünf Steine, den fünften holt Hannes noch aus dem Garten.
Karl läuft in der Zwischenzeit in den Schuppen, um die Axt vom Großvater herauszuholen. Es ist soweit. Sie legen einen Stein auf den Hackklotz. Rechts und links daneben schieben sie ein Stück Holz, damit der Stein nicht herunterfallen kann.
Karl hebt die Axt hoch und schlägt mit der scharfen Schneide auf die Mitte des Steines.
Dieser zerfällt in zwei Hälften und fallen auf den Boden.
Hannes hebt die eine Hälfte auf und sieht nach.
„Die ist ja leer!", sagt er zu Karl und zieht ein grimmiges Gesicht.
Da hebt Karl die andere Hälfte hoch und ist erschrocken. Gleich lässt er den Stein auch wieder fallen. Noch einmal bückt er sich und kann nicht glauben, was er sieht. Er legt den Stein behutsam auf den Hackklotz nieder und tritt sofort zurück.
„Sieh dir das mal an, das gibt es doch nicht. Da ist ein Zwerg drin, der sieht aus wie der Mönch vom Schneekopf,

nur ohne Umhang und er ist aus Stein!" Beide starren wie gebannt darauf und können es nicht fassen.

„Komm, lass uns die anderen noch anschauen", sagt Hannes, und sie schlagen alle Steine auf.

Am Ende haben sie fünf Zwerge in den Steinen stehen und sind verzweifelt.

„Dass wir so reingelegt werden, hätte ich nicht gedacht. Wir haben gar keinen Schatz gefunden", sagt Karl und setzt sich neben dem Holzklotz auf den Boden. Mit seinen Händen bedeckt er sein Gesicht und man kann ihn jammern hören.

„ Nein, nein, nein, was sollen wir nur mit diesen Zwergen anfangen."

Sie kommen schnell überein, dass sie die Steine mit den Zwergen hier wegbringen müssen und stellen sie wieder in den Garten vor das Haus.

„Hier stören sie keinen, und wir haben eben wieder einmal Pech mit unserer Idee, Geld zu verdienen", sagt Hannes.

Karl und Hannes laufen aus dem Garten und gehen hinüber zum Bach, um erneut nach Steinen zu suchen. Aber dort finden sie auch nichts, außer den normalen Steinen, die den ganzen Bachlauf säumen.

Der Tag geht vorüber. Die zwei gehen zurück nach Hause und legen sich vor lauter Enttäuschung zeitiger als sonst in ihre Betten.

Die Strafe vom Berggeist

In der kommenden Nacht werden die Zwerge aktiv. Sie kommen aus ihren steinernen Behausungen heraus und tanzen über die Beete, wobei sie die Blätter von den Rosen und Stachelbeeren abreißen und überall auf den Beeten verstreuen.
Dann bauen die Zwerge eine Schleuder, wozu sie den Strick verwenden, mit dem die Großmutter die Rosen am Zaun festgebunden hat. Sie greifen mit ihren kleinen Zwerghänden die fette, klebrige Gartenerde und legen sie in ihre Schleuder.
Einer der Zwerge dreht die Schleuder und wirft die Klumpen an Fensterscheiben, Hauswände und Türen.
So geht das eine ganze Weile, bis die Zwerge, erschöpft vom Herumtollen und Verwüsten, in ihre Steine zurückkehren.
Am nächsten Morgen, es ist schon hell, schaut die Großmutter als erste aus dem Fenster und ist erschrocken, über das, was ihre alten Augen sehen müssen.
Die Fenster, die sie zwei Tage zuvor geputzt hatte, kleben voll mit dunkler Gartenerde, und die Beete sind verwüstet, von sämtlichen Rosenstöcken und Stachelbeersträuchern fehlen die Blätter.
Sie kann es nicht fassen, und der erste zornige Gedanke ist der an ihre Enkelkinder.
Schnell steigt sie in die Dachkammer hinauf, doch die beiden liegen noch schlafend in ihrem Bett.

Aufgeregt ruft sie: „Los, aufstehen, ihr Strolche, was habt ihr da wieder angestellt?"
Die beiden reiben sich verwundert die Augen.
„Was sollen wir angestellt haben?", fragt Hannes erschrocken und überlegt gleichzeitig, welche ihrer Missetaten die Großmutter wohl meinen könnte.
„Ihr habt den ganzen Garten verwüstet, was ist nur da in euch gefahren", sagt sie.
Entrüstet wegen dieser Anschuldigung ruft Karl: „Wir haben doch im Garten nichts gemacht außer ein paar Steine hingelegt!"
„Dann seht es euch an", sagt die Großmutter, und alle gehen hinunter in den Garten.
Die Jungen blicken sich ratlos an und Hannes sagt zur Großmutter: „Wir lagen die ganze Nacht in unseren Betten und haben geschlafen. Wir können das nicht gewesen sein."
Jetzt kommt auch der Großvater dazu und schimpft. „Ihr macht jetzt alles wieder sauber und räumt den Garten auf, sonst passiert etwas!"
Verängstigt und verwirrt beginnen die Kinder mit der Arbeit, wischen mit einem Tuch den Dreck von den Fensterscheiben und gehen anschließend in den Garten.
Hier haben sie viel zu tun, sie müssen sämtliche Blätter auflesen und danach mit dem Rechen den Boden wieder in Ordnung bringen.
Es dauert schon einige Zeit, bis sie alles erledigt haben. Erst dann dürfen sie wieder zurück in das Haus kommen.
Am Frühstückstisch sagt der Großvater, während er sich stirnrunzelnd im Stuhl zurücklehnt: „Das möchte ich nicht noch einmal erleben."

Karl und Hannes sind erneut sprachlos und verhalten sich lieber ruhig, da es sonst wahrscheinlich noch mehr Ärger gibt.
Zur Strafe dürfen die beiden heute das Haus nicht verlassen und nett sind die Großeltern den ganzen Tag nicht zu ihnen. Und so sind die Jungen froh, am Abend wieder in die Kammer verschwinden zu können.
In der darauffolgenden Nacht, der Mond scheint hell, steigen die Zwerge erneut aus ihren Steinen heraus und bauen sich aus Haselnussruten Angelgeräte.
Den Strick nehmen sie wieder von den Rosenbüschen, und als Angelhaken suchen sie sich kleine Drahtstücke aus dem Schuppen.
Die Zwerge graben in der Gartenerde nach Würmern und spießen sie an ihre Haken.
Jetzt gehen zwei von ihnen zum Bach, während die anderen drei den Berg hinauf zu einem kleinen Teich laufen, in den sie den Strick mit dem Wurm am Haken in das Wasser hängen.

Es dauert auch nicht lange, und die Fische beißen an. Die Zwerge haben ihre liebe Not, die Fische aus dem Wasser und ans Land zu ziehen, da die ja fast so groß sind wie sie selbst. Im Bach läuft es nicht so gut mit der Angelei, da sitzen die Zwerge und warten vergebens, keiner der Fische will hier anbeißen.

Doch die Ausbeute des Teiches kann sich schon sehen lassen. Sie haben sieben Stück gefangen, drei größere und vier kleinere Fische.

Ein Zwerg läuft hinunter zum Bach und holt die anderen zwei Zwerge zu Hilfe, um die Fische ins Tal zu transportieren.

Von einer kleinen Tanne brechen sie niedriggewachsene Zweige ab und legen je einen Fisch auf einen Zweig.

Mit langen Grashalmen binden sie die Fische fest und ziehen sie so nach Lütsche.

Dort legen die Zwerge sie auf die Wege zwischen den Beeten in Großelterns Garten. Nun beginnen sie vor den Fischen auf dem Weg Löcher zu graben, die sie mit dünnen Ästen und Laub bedecken. Zum Schluss streichen sie dünn die Gartenerde darüber.

Am nächsten Morgen - die Sonne scheint kräftig am wolkenlosen Himmel, und es verspricht ein herrlicher Tag zu werden - ist es der Großvater, der als erster in den Garten schaut. Er steht am Fenster und reibt sich immer wieder die Augen. Dann schüttelt er den Kopf.

Er ruft laut: „Frau, komm mal her und sieh dir das an!"

Die Großmutter springt aus dem Bett und stellt sich neben ihren fassungslosen Gatten, der noch fragt: „Siehst du auch, was ich sehe?"

Sie murmelt verwundert: „Da liegen Fische zwischen den Beeten. Das sind bestimmt die Katzen gewesen, die sie hingelegt haben. Komm, wir schaffen sie weg."
Als der Großvater den Fuß vor einen der Fische auf den Boden setzt, tritt er in ein Loch und fällt hin.
„Das waren keine Katzen! Das sind unsere zwei Strolche gewesen! Katzen bauen doch keine Fallgruben", bringt er wütend hervor.
Die Großmutter holt eine Harke und schlägt sie im Abstand ihrer Schritte in den Boden. Sieben Löcher haben die beiden entdeckt. Dem Großvater reicht es jetzt. Laut ruft er durch das Haus: „Hannes! Karl! Seht zu, dass ihr herunterkommt, aber schnell!".
Karl und Hannes hüpfen aus den Betten und ahnen, dass da eine Katastrophe droht.
Als sie unten vorm Garten stehen, hören sie vom Großvater: „ Ihr verfluchten Bengel! Was habt ihr hier wieder angestellt, jetzt ist Schluss, so geht das nicht weiter! Schafft erst einmal die Fische weg und dann macht die Löcher wieder zu, aber schnell!"
Hannes stehen die Tränen in den Augen, und er sagt: „ Wir sind das auch diesmal nicht gewesen. Wir haben die ganze Nacht in unseren Betten gelegen."
„Nun lügt ihr auch noch", sagt die Großmutter erbost. „Bis ihr wieder nach Hause fahrt, dürft ihr nicht mehr aus dem Haus".
Karl und Hannes machen sich an die Arbeit und bringen die Fische aus dem Garten heraus, wo die Katzen schon darauf warten, sich über diese Leckerbissen herzumachen. Anschließend füllen sie die Löcher wieder mit Erde zu.

Der nächste Tag ist noch schlimmer als der vorangegangene. Heute sprechen die Großeltern keine Silbe mit ihnen. Die beiden wagen es auch nicht, selbst das Wort an sie zu richten. Wenn jetzt noch jemand mit ihnen schimpft, würden sie losheulen. So schlimm ist es um sie bestellt.
„Hast du eine Idee, wer das gewesen sein kann, Hannes?", fragt Karl traurig.
„Nein", antwortet Hannes, „ aber wir könnten doch heute Nacht Wache halten und abwechselnd aus dem Fenster schauen."
In dieser Nacht schließt der Großvater die beiden im Zimmer ein und stellt sogar noch eine Kommode vor die Tür. Da müssten Hannes und Karl schon aus dem Fenster springen, um aus dem Zimmer herauszukommen.
Als sich alle schlafen gelegt haben, bezieht Hannes als erster den Wachposten am Fenster.
Er stellt sich dicht ans Fenster heran und sieht in den Garten hinunter. Aber dort ist jetzt alles still und friedlich, sieht man von ein paar Katzen ab, die sich gegenseitig um die Häuser jagen. Doch sonst ist nichts Auffälliges zu sehen. Karl schläft schon tief und fest. Auch der kleine Wächter wird langsam müde. Er muss sich am Fensterbrett abstützen. Immer häufiger fallen ihm die Augen zu. Aber dann gibt er sich einen Ruck, und er ist wieder hellwach.
Nach ein bis zwei Stunden kann sich Hannes nicht mehr halten und rutscht vor Müdigkeit auf den Boden.
Plötzlich wird er durch ein Knistern von draußen geweckt, zieht sich an der Fensterbank nach oben und blickt hinunter in den Garten.
Was er da sieht, lässt ihn erstarren. Er kann es noch nicht glauben und geht zu Karl, den er an der Schulter schüttelt.

Karl murmelt im Halbschlaf: „Nein Großvater! Wir waren es nicht!" Da sagt Hannes: „Ich bin es, Hannes! Unten im Garten ist was im Gange! Wach auf und komm mit ans Fenster!"
Karl steht auf und geht zum Fenster. „ Das sind doch unsere Zwerge. Die haben uns das eingebrockt. Aber was machen sie denn da?", fragt Karl in einem Anflug von kindlicher Panik.
Beide beobachten, wie die Zwerge aus einem Loch im Garten neben dem Blumenbeet Erde mit einer winzigen Schubkarre herausfahren, auf den Beeten verteilen und schließlich selbst in dem Loch verschwinden.
„Das müssen wir morgen früh sofort den Großeltern erzählen, damit sie wissen, dass wir das nicht gewesen sind", sagt Karl eifrig.

„Die glauben uns das sowieso nicht. Wenn wir die Großeltern jetzt rufen, sind die Zwerge ohnehin verschwunden", sagt Hannes.
„Komm, lass uns erst mal schlafen. Wir wissen jetzt zumindest, wer uns das antut", beruhigt ihn Karl. Beide legen sich in ihre Betten und schlafen trotz der neuerlichen Aufregung rasch ein.
Am Morgen lassen die Großeltern die beiden aus dem Zimmer. Der Großvater sagt triumphierend: „Na seht ihr; ich habe euch eingesperrt, und prompt hat der Garten eine ruhige, friedvolle Nacht erlebt. Es ist nichts passiert."
Karl und Hannes sehen sich verwundert an, gehen in die Küche zum Frühstück und schauen, auf ihren Stühlen zappelnd, immer wieder aus dem Fenster.
Im Garten scheint wirklich alles in Ordnung zu sein, auch das Loch ist nicht mehr zu sehen. Das Einzige, was ihnen auffällt, ist, dass die Steine, in denen die Zwerge verborgen waren, nun leer sind.
Keiner von ihnen ist da. Was sie nachts gesehen haben, erzählen sie den Großeltern nun besser nicht. Die hätten sie höchstens weiter für Lügner gehalten und zudem noch verspottet.
Nach dem Frühstück gehen Karl und Hannes in den Garten und betrachten die Steine, die jetzt leer und unbewohnt am Rand des Beetes stehen, sowie die Beete selbst, die ihnen unberührt erscheinen. An der Stelle, an der sie das Loch in der Nacht deutlich gesehen hatten, steht jetzt eine Blume, und alles scheint in bester Ordnung. Ein ganz normaler Garten in der Vormittagssonne.
Ist das nicht schrecklich, liebe Leser?

Die sonderbaren Steine nehmen die zwei und tragen diese hinüber zum Bach, wo sie einen nach dem anderen ins Wasser legen.
„Jetzt haben wir endlich Ruhe vor diesen Zwergen", sagt Karl und reibt sich zufrieden die Hände.
Sie haben gerade den letzten Stein im Bach abgelegt, da hören sie vom Haus her den Schrei der Großmutter nach draußen dringen.
Schnell laufen sie zum Haus und in den Garten, in dem die Großmutter starr wie eine Säule vor dem Blumenbeet steht.
„Ich wollte mir ein paar Blumen pflücken, da haben die Blumen getanzt! Was habt ihr euch denn da nur wieder einfallen lassen!", wettert die Großmutter.
„Wir haben doch nur die Steine in den Bach geschmissen. Wir können das doch nicht gewesen sein", sagt wiederum Hannes und während die drei am Beet stehen, beginnen die Blumen erneut zu tanzen. Sie bewegen ihre Köpfe hoch und runter.
Was die zwei des Nachts ja nicht beobachten konnten, ist folgendes: Die Zwerge haben Gänge unter den Blumenbeeten gegraben, die Wurzeln entfernt und die Blumen am Stiel abgestützt. So können sie die Blumen am Stiel von unten bewegen, so dass sie auf dem Beet jetzt sichtbar tanzen.
Den Schrei der Großmutter hatte auch der Großvater vernommen und kommt jetzt herbeigeeilt. „Was habt ihr Lausbuben nun schon wieder angestellt! Kann man euch denn nicht einen Moment alleine lassen? Wir schreiben das euren Eltern!"
Nun reicht es Karl und Hannes und sie verdrücken sich ganz schnell in den Wald.

Die Einsicht

Sie können die Anschuldigungen, die Wut der Leute und vor allem die wütenden Großeltern nicht mehr aushalten. Und so laufen sie nun in die Berge. Die Großeltern wollen den Vätern der Kinder einen Brief schreiben und von ihren zahlreichen Missetaten berichten, so dass sie von ihnen zu Hause auf eine gewaltige Strafe gefasst sein können.
Karl und Hannes irren im Wald umher und finden keine Ruhe. Sie sind beide sehr traurig und haben auch Schuldgefühle, wegen ihrer bösartigen Streiche, die ihnen die Leute im Ort nicht so schnell verzeihen werden und ihren Großeltern gegenüber, die ihnen immer wieder verziehen haben, weil sie ihre Enkelkinder mögen.
„Komm, lass uns nochmals zum Schneekopf gehen, vielleicht finden wir da die Lösung unseres Übels", schlägt Hannes vor.
Sie gehen also erneut zum Schneekopf und suchen die alte große Tanne, bei der der Eingang zum Stollen war.
Doch ihre Suche ist vergebens.
Keine Tanne ist mehr zu sehen und auch kein Stollen mehr zu finden.
Da erinnern sie sich an den Mönch, der ihnen den Weg zu den Schneekopfkugeln gewiesen hatte.
Aus Verzweiflung rufen sie laut: „Mönch des Berges! Wo bist du. Wir wollen die Steine hier nicht mehr haben. Wir machen auch alle Löcher wieder zu und werden uns ändern.

Wir versprechen es! Hilf uns, wir halten es nicht mehr aus."
Weinend und ratlos sitzen sie wie ein Häufchen Unglück auf dem Boden. Endlich, nach langem Warten, erscheint der Mönch und stellt sich vor die unglücklichen Kinder.
„Ich bin der Berggeist", sagt er und lässt seine Mönchskutte fallen. „Ihr habt ein arges Spiel getrieben, ihr beiden, mit den Menschen hier und mit der Natur. Als ihr aber auch noch meine Berge verschandelt habt, hatte ich genug von euch! Und so sah ich mich gezwungen, euch einen Spiegel vorzuhalten, damit ihr in eurer Unachtsamkeit einmal am eigenen Leibe spürt, was ihr selbst anderen angetan habt!"
An dieser Stelle, freundliche und in Spannung befindliche Leser, macht der Bergmönch eine wirkungsvolle Pause, und die Jungen verharren in ihrem Elend.
Dann ergreift Karl das Wort: „Wir tun das nie wieder, lieber Berggeist, wir versprechen es dir, nur hilf uns bitte. Du sollst die Steine mit den Zwergen wieder haben."
Darauf antwortet der Berggeist. „Die Zwerge sind normalerweise ein sehr strebsames und arbeitsames Volk im Inneren der Berge. Sie sollten euch nur auf den richtigen Weg bringen.
Zur Warnung und Erinnerung lasst ihr sie im Garten stehen, sie werden niemanden mehr etwas Böses tun."
Die Cousins geben dem Berggeist die Hand darauf, sich zu bessern und ihn niemals mehr zu erzürnen.
Geläutert und erschöpft schleppen sich die beiden in das Dorf Lütsche zurück.
Wieder dort angekommen, gehen sie sogleich zu den Großeltern, umarmen diese und bitten sie um Vergebung

für alles, was sie ihnen angetan haben, für jede einzelne Missetat.

„Wir wollen uns ändern, wir wissen, dass das, was wir getan haben, nicht richtig war, auch wenn es uns mächtig Spaß gemacht hat", beteuert Karl.

„Ja, bei unseren Eltern müssen wir immer gehorchen und hier ist es eben so passiert, dass wir Spaß an den Streichen hatten", fügt Hannes hinzu, „dann kam eins zum anderen."

Der Großvater schließt beide in seine Arme und sagt. „Ich bin doch selbst auch einmal so ein Junge wie ihr gewesen, und glaubt mir, auch ich habe viele Streiche angezettelt, aber einmal muss der Spaß auch ein Ende finden. Und ich glaube, der Zeitpunkt ist jetzt gekommen. Aber mir fällt ein, dass ich euch doch noch etwas über den Schmücke Joel erzählen wollte. Die Großmutter und ich haben ihn gekannt. Zwei - oder dreimal sind wir auch dort gewesen, in seinem Lokal auf der Schmücke, als wir nach dem Beerenpflücken Durst bekommen hatten und unsere Flaschen, die wir mitgenommen hatten, schon leer waren".

Wieder rückt sich der Großvater seinen Stuhl zurecht und Karl und Hannes setzen sich vor ihn auf den Boden und lauschen.

Der Joel von der Schmücke

„Also", beginnt der Großvater, „ der Joel von der Schmücke, das war schon ein besonderer Kauz. Er war einer, der nach außen rau und hart war, auch schelmisch, teils zynisch. Er konnte fluchen und hatte auch eine andere

Seite. Dann, wenn sein Interesse geweckt, konnte er ganz anders sein. Er hatte Verständnis, war gerührt und hilfsbereit. Die Studenten, die konnte er besonders gut leiden. Mit ihnen hat er auch gesungen und gefeiert. Aber gegessen und getrunken hat er immer gern, deshalb hatte er auch eine stattliche Figur und ein stattlich Bäuchlein obendrein. Er war ein ganz ausgekochter Schelm.
Die Großmutter und ich sind auf der Schmücke eingekehrt. Es war ein besonders warmer Tag. Die Luft war trocken und man bekam schon einen großen Durst, ohne etwas zu arbeiten oder sich zu bewegen. Wir wollten einen kleinen Becher mit kühlem Wasser trinken. Als wir eintraten, saß an einem Tisch am Fenster eine Familie, wohl Städter, schon ihre Kleidung ließ niemanden daran zweifeln, dass es sich um wohlhabende Leute handelt. So war auch ihr ganzes Auftreten. Die müssen auch eben erst eingetroffen sein. Ihre Gesichter waren noch rot von den Sonnenstrahlen und der Hitze, der sie ausgesetzt waren. Sie saßen am Tisch, wie Krieger nach einer Schlacht, jeder konnte sehen wie erschöpft sie waren. Jedoch ihr großes Mundwerk hatten sie nicht verloren.
Die Leute riefen, so durstig wie sie waren, nach dem Wirt: „Herr Wirt, wir haben gewaltigen Durst!"
Der Joel vernahm es und ging zu den Leuten an den Tisch.
„Was wollen Euer Gnaden haben?", fragt er. „ Zu trinken und das jede Menge, einen ganzen Krug voll!", antworten sie.
Darauf fragt der Joel: „Wegen der Krüge, sind sie Rechts – oder Linkshänder?"
Die Leute antworten: „Wir sind alle Rechtshänder." Joel verschwindet in seiner Küche.

Nach einer schon gefühlten Ewigkeit für die Leute kehrt Joel zurück.
In der Hand hält er für jeden am Tisch einen gefüllten Krug mit frischem Getränk bereit.
Er stellt die Krüge auf den Tisch und dreht die Henkel der Krüge auf die linke Seite.
Der Mund der Leute ist trocken und ihre Blicke fallen gierig auf die Krüge.
„Verdammt noch einmal, so ein Pech auch, ich konnte nur noch Krüge für Linkshänder finden. Das tut mir unendlich leid. Ich muss sie leider wieder mit zurücknehmen. Nochmals bitte ich um Verzeihung", und Joel greift nach den Krügen auf dem Tisch.
Ein Junge der Familie hatte Angst, dass nun die sehnlichst erhoffte Abkühlung seinen Weg wieder zurück in die Küche macht und griff schnell mit beiden Händen nach einem der Krüge, hob ihn an den Mund und trank. Die Flüssigkeit lief ihm den Mundwinkeln herunter, so hastig trank er. Joel konnte sich das Lachen nicht verkneifen.
Er klopfte den Jungen auf die Schulter und sagte: „Diese Runde geht auf mich, zum Wohle!"
Die Leute tranken ihre Krüge leer und konnten auch über die Linkshänder - Krüge lachen.

Als Joel Pacht und Steuer lange nicht bezahlt hatte und die Beamten (Geldeintreiber) vom Gothaer Hofe förmlich aus der Gaststube warf, schickte man diesmal einen neuen

Beamten, der weder die Geschichte des Joel noch dessen Gefühlsausbrüche kannte.
Der Beamte wurde nun hoch zur Schmücke geschickt, mit dem Vermerk, die säumige Pacht und Steuern einzutreiben. Also begab er sich zur Schmücke und in Joels Gaststube. Der Beamte erläuterte ihm sein Anliegen und wartete auf dessen Antwort. Joel ging noch nicht auf das Anliegen ein. Er bemerkte nur, dass der Beamte neu war, denn er kannte ihn noch nicht. So holte er erst einmal etwas zu trinken, für sich und den Beamten. Beide stießen an und nach einer Weile servierte Joel auch noch etwas Wurst und Brot. Der Beamte war überrascht von der Freundlichkeit. Denn sonst war dies nicht der Fall, wenn er für die Herzogliche Regierung das Geld eintreiben musste. Nach einer Weile nahm er allen Mut zusammen und fragte Joel noch einmal nach den säumigen Geldern. Worauf dieser unerwartet antwortete: „ Ich zahle sogar das Doppelte an Geld von dem was ich voriges Jahr gezahlt habe." Der Beamte ist überglücklich. Er hat es geschafft. Sie werden ihm in Gotha auf die Schultern klopfen. Schnell zieht er seinen Rock über, bedankt sich beim Joel für die nette Bewirtung und macht sich auf den Weg zur Kutsche und zurück nach Gotha.
Dort angekommen, ging der Beamte freudig in sein Amt, wo die Mitstreiter schon mit dem Schalk auf den Gesichtern warteten und lauerten, welche Abfuhr er wohl zu vermelden hatte. Als sie aber die Freude in seinem Gesicht sahen, waren sie alle verdutzt. So erzählte er von seiner Verhandlung mit dem Joel von der Schmücke, dass er ihn bewirtet hat und sehr freundlich zu ihm war. Die anderen Beamten begreifen die Welt nicht mehr, hatte der

Joel nicht einen jeden, der Geld von ihm wollte, fast aus der Gaststube rausgeschmissen? Der ist neu und wird sogar noch bewirtet? „Was ist denn bei der Verhandlung herausgekommen", fragt einer der Angestellten. Der Beamte antwortet: „ Joel sicherte mir mit Handschlag zu, sogar das Doppelte von dem, was er im Vorjahr zahlte, zu zahlen."
Auf einmal gab es ein Gelächter im Raum. Jetzt ist es der Beamte, der verdutzt drein schaut und die anderen fragt: „Warum lachen Sie denn so?" „Ja, wissen Sie das denn nicht?
Voriges Jahr hat der Joel von der Schmücke und das Jahr zuvor auch, nichts, was auch nichts heißt, bezahlt und das Doppelte von nichts ist zweimal nichts".
„ Ja so war er, der dicke Joel, wie man ihn in den späteren Jahren nannte, mit seinem dicken Bauch", sagt der Großvater. Anschließend liest er noch ein Gedicht von Ludwig Bechstein aus dem Jahre 1858 vor. Dies hat er seinem Freund Joel gewidmet.

Wie ein Bacchus stand im Schlafrockkleide
Fröhlich er vor seines Hauses Tür,
graue Locken waren sein Geschmeide
und er selbst der Schmücke Schmuck und Zier.
Heiterkeit umfloss wie Sonnenschimmer
 Seine vollen Wangen, sein Blick-
Nimmer wich der Witz von ihm und
Nimmer von dem alten dicken Freund zurück.

Zusätzlich zu seiner Gaststube und der Arbeit als Waldläufer verdiente sich der Joel noch Geld mit der Viehzucht. Hier legte er viel Wert auf ausgesuchtes gutes Zuchtvieh. Der Herzog Ernst der II. von Coburg - Gotha hatte Joel einst einen Zuchtbullen aus seiner Coburger Musterfarm versprochen und sein Versprechen bis dato nicht eingehalten. Als er eines Tages wieder einmal mit seinem Jagdwagen die Schmücke besucht, steht Joel in der Tür, ein Abflussrohr der Dachrinne in der Hand haltend. Er ist gerade dabei sein Dach zu reparieren. Joel beachtet den Herzog nicht. Er hebt das Rohr hoch an sein Auge und sieht hindurch zum Horizont. Der Herzog ist schon etwas verwundert, warum ihn der Joel nicht ehrenwürdig begrüßt, so wie es ihm gebührt. Da fragt der Herzog, was das solle, mit dem Rohr vor dem Auge und Joel antwortet ihm: „ Hoheit, ich blicke nach Coburg, ob der versprochene Zuchtbulle nicht bald kommt." Der Herzog musste lachen und nach acht Tagen traf der versprochene Zuchtbulle vom Herzog auf der Schmücke ein.
„Das war die Geschichte vom Zuchtbullen. Nun ist Schluss für heute", sagt der Großvater.
„Nein, bitte noch eine Geschichte, eine nur ganz kurze", bittet Karl und Hannes stimmt zu: „ Ja, ja, noch eine".
Das lässt den Großvater nicht kalt und er lenkt ein. „Aber nur eine kleine Geschichte vom Professor aus Jena.
Die Sonnenauf - und Untergänge sind sehr in Mode und werden auf der Schmücke, aber auch anderswo, gern beobachtet. Joel hatte die Angewohnheit, seine Gäste früh zeitig zu wecken, um den Sonnenaufgang nicht zu verpassen.

Es war ein Professor aus Jena angereist und mit eben diesem hatte Joel den Abend deftig gezecht. Dabei äußerte der Professor den Wunsch, auch zeitig zum Spektakel des Sonnenaufgangs geweckt zu werden. Am nächsten Morgen klopft Joel an des Professors Tür: „ Herr Professor", ruft er, „ die Sonne geht bald auf. Sie müssen aufstehen." Der antwortet entrüstet über das zeitige Wecken: „ Die geht auch ohne mich auf", und schläft weiter.

„So ihr zwei, das war es für heute. Morgen erzähle ich euch noch etwas über den Ausgebrannten Stein, durch den die Holzflößer vor 150 Jahren das Holz aus dem Wald ins Tal hinab zur Gera geflößt haben und später, als kein Wasser mehr durch den Berg floss, sich die Wilderer dort aufgehalten haben und es heute immer noch tun." „Ja, das kannst du uns auch jetzt noch erzählen", sagt Karl und der Großvater wimmelt ab. „ Nein, nein, für heute ist Schluss, morgen wieder." Die beiden Jungen müssen sich damit zufriedengeben, auch wenn sie dem Großvater stundenlang zuhören könnten.

Der Ausgebrannte Stein

Die beiden tun sich heute schwer, zur Ruhe zu kommen und endlich einzuschlafen.
So sehr sind sie aufgewühlt, zugleich auch neugierig auf die nächste Geschichte des Großvaters vom „Ausgebrannten Stein".
Es hat lang gedauert, doch die Müdigkeit hat die Neugierde besiegt und die beiden schlafen ein, in einen erwartungsvollen Morgen hinein.
 Draußen ist es schon hell geworden. Die Sonne schickt ihre ersten Strahlen durch das Fenster. Da beginnen sich Karl und Hannes noch schlaftrunken aus dem Bett zu räkeln und halb taumelnd in die Küche zu laufen.
„ Ist der Großvater schon aufgestanden, Oma?", fragt Karl und setzt sich auf die Holzkiste neben dem Ofen.
„ Ja, der ist schon draußen im Garten und pflückt Johannisbeeren, die wir heute zu Nachtisch essen."
Waschen kann man das, was die beiden jetzt tun, wohl kaum nennen, eher eine Katzenwäsche. Sie gehen hinaus an das Holzfass hinter dem Haus und halten ihre Hände kurz hinein, betupfen ihre Backen leicht mit Wasser und reiben mit ihren Armen das Gesicht wieder trocken. Die Jungen spielen oft am Wasser und spritzen sich gegenseitig voll, aber bei der Morgentoilette sind sie eher verhalten.

Noch nichts im Magen gehen sie zum Großvater in den Garten. „Kannst du uns jetzt etwas über den Ausgebrannten Stein erzählen?", fragt Hannes und fügt noch hinzu: „Bitte Opa."
„ Ihr lasst mir eh keine Ruhe bevor ich es euch erzählt habe. Erst wird gefrühstückt und dann setzen wir uns in den Garten auf die Bank", sagt der Großvater.
Schnell laufen die beiden zur Großmutter in die Küche, trinken ihre noch melkwarme Ziegenmilch und essen das Brot, das sie mit Milch angefeuchtet und mit Zucker bestreut haben.
Der letzte Bissen ist hinunter geschluckt, da springen die beiden auf und laufen eiligst zum Großvater hinaus in den Garten. Die Großmutter kann sich das Grinsen nicht verkneifen und brummelt vor sich hin: „Verrückte Buben, die beiden."
Auf der Bank beginnt der Großvater zu erzählen: „ Der Ausgebrannte Stein ist ein Stück des alten Flößgrabens, der um 1700 gebaut wurde. Vorher mussten die Holzstämme auf der Gera durch Schwarzburger Gebiet geflößt werden, wofür eine Gebühr entrichtet werden musste. Aber die Schwarzburger haben die Gebühren stark angehoben, sodass man nach einer anderen Lösung suchte und sie auch fand. Der Herzog von Gotha setzte den Plan seines Berghauptmanns von Uetterodt um. Man begann von 1691 bis 1702 mit dem Bau des Flößgrabens in einer Länge von etwa 23 km, wo er 1702 auch das erste Mal benutzt wurde. Später hat man den Flößgraben verlängert, um immer weiter in den Wald hineingelangen zu können und das dortige Holz hinaus zu flößen. Dabei begann man auch den heutigen Tunnel zu schaffen. Mittels Feuer hat man eine

Länge von ca. 30 m durch den Felsen Stück für Stück den Stein erhitzt, um ihn anschließend mit eiskaltem Wasser abzuschrecken. So hat man den Stein zersprengt und einen Tunnel geschaffen. Die Stämme wurden zum Kehlteich transportiert. Bei der Schneeschmelze, wenn der Teich am vollsten war, wurden die Schleusen geöffnet. Das Wasser mit dem Holz floss den Graben entlang durch den Ausgebrannten Stein. Die Leute, die in der Nähe wohnten, mussten sich am Graben aufstellen und mit Haken das Holz von den Banden fernhalten, sodass es zügig mit dem Wasser in das Tal fließen kann. Auch im „ Ausgebrannten Stein" wurden Holzarbeiter (Holzknechte) eingesetzt, um die Holzstämme von den Wänden fern zu halten. Dabei mussten sie die ganze Zeit im eiskalten Wasser stehen, was neben der Kälte auch sehr gefährlich war. Es hat viele Verletzungen gegeben. Einmal wurde auch ein Holzknecht von den Baumstämmen eingeklemmt. Die anderen konnten ihm nicht helfen, da sie selbst die Stämme freihalten mussten um nicht selbst dazwischen zu geraten.

Ja, ja, das war sehr gefährlich, aber nach 17 Jahren hat man das Flößen in dem Graben eingestellt, nicht wegen der Unfälle, wahrscheinlich wegen der Kosten, hat man gemunkelt.

Danach wurde es etwas still um den Flößgraben, vielleicht zu still um den „Ausgebrannten Stein".

Es wurden viele Legenden erzählt und ihr könnt es mir glauben, es sind keine.

Die Wilderer haben sich und ihr Diebesgut im Tunnel versteckt. Kein Jagdhelfer oder Förster hat sich dort des Nachts hinein getraut und sie tun es heute noch nicht.

Wenn die Frauen und Kinder im Wald das Holz sammeln oder nach Beeren und Pilzen suchen, machen sie stets einen großen Bogen um den „Ausgebrannten Stein". In dessen Nähe laufen sie auch schon mal einen Schritt schneller als sonst und blicken ängstlich auf den Fels und dessen Eingang. Glaubt es mir nur, ihr zwei, auch uns Männern ist das nicht so einerlei, wenn wir in der Nähe vom „Ausgebrannten Stein" sind. Ich möchte nicht wissen, wie viele Wilddiebe und wie viel Wild hier schon versteckt waren.
Ihr wisst ja, dass hier im Dorf einige heimlich Fallen stellen und Wild schießen. Aber das tun sie um überleben zu können und holen nie mehr, als sie brauchen.
Wie der Graf Christoph, der hat früher viel gewildert, dann haben sie ihn zum Kreiser gemacht.
Aber der holt sich auch heute noch heimlich das eine oder andere Stück Wild."
„ Das ist ja richtig spannend, Großvater", sagt Karl und „den Graf Christoph kennen wir, der hat uns einmal ausgeschimpft, als wir die Jauche verteilt haben. Sonst redet er nicht viel und wir haben großen Respekt vor ihm."
„Ja", erzählt der Großvater weiter, „der Christoph fackelt auch nicht lange, wenn es ernst wird.
Schlimm sind aber die Banden, die nachts durch die Wälder streifen und vor nichts und niemanden halt machen. Sie sind am gefährlichsten und die Wildhüter haben großen Respekt vor denen, sogar der Christoph versucht, ihnen aus dem Weg zu gehen und den kann so schnell nichts erschüttern.
Einige kommen aus dem Schwarzburgischen herüber und ziehen bis zur Schmücke und den Schneekopf hinauf. Dort

treffen sie sich mit den Neustädtern, Frauenwäldern, Schmiedefeldern und Suhlern.
Die Nacht gehört ihnen und der Wald ist ihr Revier.
Der Christoph hat uns auch schon mal ein Stück Reh oder einen Hasen gegeben, dafür habe ich ihm beim Holzschneiden geholfen und dabei hat er mir auch von den dunklen Gestalten, die fast lautlos durch unseren nächtlichen Wald schleichen, erzählt. Ist schon beängstigend. Unsere Leute halten sich des Nachts nicht mehr im Wald auf, außer denen, die das von Berufswegen tun müssen, wie die Jäger und deren Gehilfen."
In den Köpfen der zwei Jungen arbeitet es und an ihren roten Wangen kann der Großvater erkennen, dass das Erzählte seine Wirkung nicht verfehlt. Es hat Karl und Hannes überwältigt, sie sind fasziniert.
In Erfurt und in Jena gibt es dergleichen Erlebnisse nicht.
„ So, ihr zwei, nun helft der Großmutter ein wenig beim Reisig sammeln", sagt der Großvater, steht auf und geht aus dem Garten in den Schuppen, um die Sense zu holen, mit der er frisches Gras für die Ziegen hauen will.
Die Jungen gehen mit der Großmutter in den Wald und sammeln trockenes Reisig für den Herd in der Küche.
Sie sind sehr still geworden und die Großmutter bemerkt:
„Na, hat euch Großvaters Erzählung gefallen?"
„Ja", antwortet Karl ganz in Gedanken versunken.
„Hm", antwortet Hannes ohne den Mund zu öffnen und ist auch mit den Gedanken beim Großvater.

Der „Ausgebrannte Stein" hat es ihnen angetan und sie ignorieren die Warnung des Großvaters.

Die Neugierde, einmal vor Ort gewesen zu sein, ist stärker, als die Angst vor den Wilderern.
So ruhig waren die beiden schon lange nicht mehr und einer weiß genau vom anderen, was der gerade denkt.

Die Höhe von Oberhof her gesehen ist 2,05 Meter, die Breite des Tunnels ist 2 Meter oben und am Boden 2,30 Meter, im Inneren ist der Tunnel 2,90 Meter hoch und 2,25 Meter breit. In der Mitte des Tunnels hat man sogar eine Höhe von 3,60 Meter und eine Breite von 2,55 Meter. Die engste Stelle ist nur 1,75 Meter hoch und auch 1,75 Meter breit. Der Ausgang oder der Eingang von der Talseite her ist 1,95 Meter hoch und 1,80 Meter breit und die Länge des Tunnels beträgt exakt 37,45 Meter.

Es ist um die Mittagszeit als Hannes und Karl mit Reisig bepackt aus dem Wald zurückkehren. Der Großvater ist schon auf dem Weg nach Gräfenroda, wo er bei dem Dorfschmied ein paar Haken anfertigen lassen will.
Die Großmutter macht den Jungen die restliche Suppe des Vortages auf dem Ofen warm und die beiden tragen inzwischen das Reisig in den Schuppen.
Nach dem Essen sagen sie zur Großmutter, die es eigentlich schon ahnt: „Wir gehen noch ein Stück in den Wald", und wie gesagt, sind sie auch schon verschwunden.
Es ist der Tag, an dem man begreift, dass alles was ist, auch vergehen kann, doch die Gedanken unsere Erinnerungen tragen.
Die Angst davor, etwas ausgelassen, nicht beachtet oder gesehen zu haben, ist wohl größer als die Angst davor, was ihnen alles passieren kann.
So machen sich die beiden Jungen auf den Weg zum „Ausgebrannten Stein."
Es ist nicht so weit und Karl fragt Hannes: „Was meinst du, nehmen wir uns Essen mit?"
„Nein, das lohnt ja eh nicht, spätestens am Abend sind wir wieder zurück." Sie lassen Dörrberg links liegen und laufen durch das Tal der wilden Gera, steigen den Tragberg (Höhenlage ca. 731 m) hinauf und Hannes sagt: „ Meine Güte, das ist ja doch ein langer Weg. Hoffentlich sind wir bald da." „Warte ab", sagt Karl, „ wir sind doch bald oben, dann können wir uns ausruhen."
Nach einer anstrengenden Wanderung durch den Wald haben sie es endlich geschafft.

Sie sehen den Felsen vor sich liegen und sind angetan von der dunklen Öffnung, ein finsteres Loch, das wie ein Stolleneingang in den Berg gemeißelt steht.
„Komm, Hannes, lass uns gleich mal nachsehen und ein Stück in den Tunnel hineingehen, solange wir hier niemanden sehen", sagt Karl und geht auf die Öffnung zu.
„Warte ab, wir beobachten die Öffnung erst mal aus einer größeren Entfernung und können sehen, ob die Luft rein ist", sagt Hannes und läuft schon wieder ein Stück zurück.
Beide verstecken sich hinter einem großen dicken Baum und verharren mit wachsamen Augen und gespitzten Ohren, damit ihnen ja nichts entgeht.
So sitzen sie eine lange Zeit und wären bald eingeschlafen, hätte sich nicht ein Wildtaubenpärchen auf dem Baum nebenan niedergelassen und durch ihr Gegurre die Jungen wieder wachgerüttelt.
„Komm, lass uns jetzt hineingehen, ich habe niemanden gehört und auch nichts gesehen", sagt Karl und läuft wieder in die Richtung des Tunnels.
„Warte", ruft Hannes und läuft hinter Karl her.
Karl betritt vorsichtig den Tunnel, Hannes bleibt am Eingang stehen.

Schon an der Öffnung kann man die Rundungen des Tunnels erkennen, denn nicht nur die Decke ist gewölbt, auch der Boden hat diese Wölbung. So ist es am besten, genau in der Mitte zu laufen um nicht von den Kanten abzurutschen. Je weiter es zur anderen Seite geht, umso breiter wird der Boden.

Karl tastet sich vorsichtig in die dunkle Höhle hinein und Hannes verharrt in Spannung, auf den Ruf von Karl wartend, bis der wieder Licht und das andere Ende des Tunnels sieht.
Doch plötzlich ertönt ein Schrei: „Auah, verdammt, was ist das! Hannes, komm schnell her, ich habe mich gestoßen und verletzt." Karls Knie zittern vor Schreck, das ist doch ein großes totes Tier. Hannes eilt Karl schnell zu Hilfe und stolpert über etwas weiches, was auf dem Boden liegt.
„Bist du das, was ich fühle, Karl?"
„Nein, ich bin hier hinten, du bist wohl auch über dieses Etwas gestolpert".
„Ja", sagt Hannes, der jetzt mit seinen Händen den Boden abtastet. „ Igitt, hier liegt ein toter Hirsch. Ich fühle das weiche Fell und mit dem Knie habe ich mich an dem Geweih gestoßen. Stinken tut das auch. Ich glaube, ich habe mich mit Blut beschmiert. Meine Hände sind auf einmal so klebrig geworden, verdammt, so ein Mist auch."
Karl, der sich an die Dunkelheit gewöhnt hat, ruft: „Hier bei mir liegt noch ein Wild, ich weiß nicht, es könnte ein Rehbock sein. Ich ekle mich vor den toten Tieren."
„Junge, Junge, der Großvater hat Recht, die sind immer noch aktiv. Lass uns schnell von hier verschwinden, bevor einer von denen auftaucht und uns erwischt."
Gerade als die beiden die Höhle zur Hangseite verlassen wollen, hören sie von dort her kommend Äste knacken.
„Komm zurück zum anderen Ende", flüstert Karl und beide gehen schnell zurück. Wieder stoßen sie sich an dem Hirsch und Hannes verletzt sich seine Hand an dem Geweih.

„ Schnell, schnell", flüstert Karl. „ Wir müssen uns beeilen, die Geräusche kommen näher. Wir klettern außen links vom Eingang den Felsspalt hinauf, da können sie uns vom Tunnel aus nicht sehen." Kaum haben sie den Tunnel verlassen und sind auf den Felsen geklettert, hören sie auch schon die dumpfen Schritte in der Höhle.
„Verdammt, da haben wir aber Glück gehabt. Meine Güte, wenn das ein Wilderer ist", sagt Karl mit ängstlicher Stimme. Mühsam haben sie sich ein Stück auf den Felsen hochgearbeitet. Die Knie zittern und es ist ihnen auf einmal so warm geworden, dass der Schweiß vom Kopf in die Augen läuft. Hannes wischt mit dem Handrücken über die Augen, um so den Schweiß zu entfernen. Doch die Augen brennen und der Blick ist verschwommen. Dazu kommt noch, dass seine Hände nach dem Wild aus dem Tunnel stinken und ihm schon übel wird.
„ Wenn das die Wilderer sind und uns kriegen, machen sie kurzen Prozess mit uns. Dann vergraben sie uns im Waldboden und keiner wird uns je wieder finden", sagt Karl ängstlich zu Hannes.
„Kumm lähs doa hean, mie messen nuch e moal woas holl" („komm leg es da hin, wir müssen noch etwas holen"), hören Karl und Hannes einen von drinnen reden.
„De anern wern a von uhm ronger kumm, wenns donkel wärd, schaff mers fard, su lang mess mer harre", (die anderen werden auch von oben herunter kommen, wenn es dunkel wird, schaffen wir es fort, so lange müssen wir warten") antwortet der andere.
„Da sind zwei drinnen", flüstert Hannes Karl zu.

„Hoffentlich kommen nicht noch mehr und die drinnen bleiben nicht mehr so lange. Mir tun jetzt schon die Beine weh. Ich kann mich nicht gut festhalten", antwortet Karl.
Er hat es kaum ausgesprochen und als wenn es ihm prophezeit worden wäre: plötzlich rutscht er vom Felsen herunter. Das Blut stockt in seinem Körper und seine Ohren sind um eine Ewigkeit gewachsen, so still und aufmerksam hat er nach drinnen gelauscht. Karl rechnet damit, dass einer der Männer sein Rutschen gehört hat und jetzt nach draußen kommt. Für eine kurze Zeit ist es auch drinnen in dem Tunnel still geworden. Er vernimmt nur das Rauschen des Waldes und meint, das Geräusch eines jeden Astes einzeln hören zu können. Nach geraumer Zeit beginnen sich die zwei Männer in dem Tunnel wieder zu unterhalten und Karl klettert erneut auf den Fels hinauf.
Leider können die beiden den Dialekt der Einheimischen hier nicht verstehen. Sie haben ihn nie lernen müssen und ihre Mütter, die von hier stammen, haben auch das meiste davon schon vergessen.
Sonst hätten die zwei herausgehört, dass es noch länger dauern wird.
Die zwei Männer haben dabei abwechselnd noch mehr Wild aus anderen Verstecken in den Tunnel hineingetragen. Der Tabakduft, der Karl und Hannes um die Nase zieht, lässt ahnen, dass die Männer jetzt eine Pfeife rauchen.
Die Zeit vergeht, Arme und Beine tun Karl und Hannes schon weh. Sie können nicht vom Felsen herunterklettern. Einmal würden die drinnen die Geräusche hören oder vielleicht sogar die Schatten der beiden Jungen sehen.

Es dämmert schon, die Kräfte lassen nach und die Nerven der Jungen sind aufs Unerträgliche angespannt.
Die Knie schlottern, zum einen vor Schwäche und zum anderen vor unsagbarer Angst. Sie haben das Gefühl, einen Alptraum zu haben und warten nur darauf wieder aufzuwachen, damit alles schnell ein Ende hat.
Doch plötzlich hören sie auch von der Bergseite her, das heißt aus der Richtung vom Eckardskopf, Äste knistern und Schritte, die immer näher kommen.
„Verdammt, Hannes, jetzt kreisen sie uns ein, die kommen auch vom Oberhofer Wald herunter."
„Los Karl, wir müssen ein Stück nach links in die Felsspalte klettern, hier können sie uns in der Dämmerung nicht so schnell sehen."
Mühsam - die Hände schmerzen und die Füße tun ihnen weh - klettern sie ohne ein Geräusch zu verursachen in die Felsspalte und klammern sich an den Steinen fest.
Nur nicht bewegen und schon gar nicht abrutschen! Ein jedes noch so kleines Geräusch würde sie in der Dunkelheit verraten. Die Ohren der Wilderer sind geschult. Ein jedes Knacken und Rauschen, ein jeder Laut im Wald, nichts ist ihnen fremd.
Die Kräfte waren schon geschwunden, doch nun geht es erneut von vorne los. Ihre letzten Kraftreserven sind gefragt und die Jungen werden auf eine harte Probe gestellt.
„Do sei mir net z spät kumma, d Schwarzburgischen seins scho do. Ober net widder bis ind früh. I will bald ham", („Da sind wir nicht zu spät gekommen, die Schwarzburgischen sind schon da. Aber nicht wieder bis in die Früh. Ich will bald heim"), hören sie einen der Männer sagen.

„Wan dus söchst, dann mochmers", („Wenn du es sagst, dann machen wir es") antwortet der andere.
Die Männer machen einen Kauzruf nach, indem sie die beiden Hände zusammenlegen und in die Öffnung blasen.
Im Tunnel ist Stille und dann kommt der Kauzruf auch von drinnen. Das ist das Zeichen, dass die Luft rein ist.
Vier von denen sind nun schon drinnen und die scheinen sich erst einmal ausgiebig zu unterhalten. Eine Möglichkeit für Hannes und Karl, heimlich zu verschwinden. Dazu müssten sie aber wieder unbemerkt von dem Felsen herunterkommen.
Aussichtslos, denn schon wieder hören sie es im Unterholz knacken. Eine fünfte Person nähert sich dem Tunnel und macht ebenfalls den Kauzruf. Diese bleibt aber nach der Antwort aus dem Tunnel draußen vor dem Eingang stehen. Wohl als Wachposten, damit die anderen drinnen nicht überrascht werden können.
Karl und Hannes zittern die Knie, Karl versucht mit einer Hand, die er vom Felsen löst, das Knie festzuhalten, weil er denkt, dass das Zittern der Knie Geräusche verursachen kann und der am Eingang könnte das hören.
Dabei rutscht er ein Stück von der Felswand herunter, kann aber gerade noch stoppen und lehnt sich schnell mit ganzem Körper in den Spalt.
Der Mann vor dem Eingang hat das Geräusch vernommen und schaut sich suchend um. Kann aber in der Dunkelheit nichts erkennen und nimmt an, dass es ein Ast oder Tier gewesen sein muss.

Auch Hannes hat so seine Probleme. Zwei Fledermäuse fliegen um seinen Kopf herum und er versucht, sie mit der wedelnden Hand von seinem Körper fernzuhalten. Er hat einmal von Leuten gehört, dass sich die Fledermäuse in den Haaren festsetzen können und nicht wieder loskommen. Doch auch wenn sie in der Dunkelheit dicht an seinem Kopf vorbeifliegen, haben sie ihr Ultraschallsystem und können Gegenstände und Hindernisse genau ausmachen.
Nun geht der Mann aber doch in den Tunnel hinein.
Die Angst der beiden ist groß und es scheint, dass nichts mehr schlimmer werden kann. Es ist kaum noch auszuhalten. Doch das sollte es noch nicht gewesen sein, es geht noch mehr.
Karl ist wieder zu Hannes nach oben geklettert.
Bei Karl scheint wörtlich im ganzen Körper das Blut erstarrt zu sein und Hannes verliert fast die Besinnung.
Aus dem Dunkel und von oben herab greift eine Hand nach ihnen und hält ihnen die Münder zu. Wären diese frei gewesen, hätten sie wohl laut geschrien.
„Seid ja ruhig, keinen Mucks und reißt euch zusammen", flüstert bestimmend eine dunkle Stimme.
Die Stimme haben sie doch schon gehört, die kennen sie doch.
Die Hände, die ihre Münder zuhalten, sind richtige Pranken, und sie spüren die Schwielen.
„Seid froh, dass ich es bin und nicht einer der Gesellen da drinnen", flüstert die Männerstimme erneut und nimmt die Hände von den Mündern der beiden Jungen, die sich schon ein wenig von dem Schreck erholt haben.
Die Stimme hat etwas Vertrauliches. Sie macht ihnen zwar Angst und sie haben riesigen Respekt vor ihr, doch

gleichzeitig fühlen sie sich geborgen und hören auf, vor Angst zu zittern.

„Euer Großvater hat mir viele Gefallen getan, sodass ich in seiner Schuld stehe. Als ich euch im Wald nach oben zum „Ausgebrannten Stein" habe laufen sehen und weiß, wie gefährlich dieser Ort ist, bin ich euch gefolgt. Hier ist der Treffpunkt der finsteren Gesellen des Waldes, wo sich kein Mensch, auch kein Förster oder Staatsbeamter her traut und schon gar nicht des Abends, geschweige in der Nacht. Sie treffen sich hier und kommen aus den schwarzburgischen, den weimarischen und gothaischen Landen. Hier verstecken sie sich, dieses brutale und gewissenlose Gesindel. All ihre Schandtaten werden den Lütschern zugeschrieben, weil sie sich nicht wehren können. Wir holen uns nur das wenige, was wir brauchen.

Aber diese Gesellen erlegen alles, was sie bekommen können. Das Töten ist für sie ein Vergnügen."

Er zieht die Jungen Stück für Stück mit auf den Felsen hinauf und weg von der Öffnung des Tunnels. Seine festen Stollenschuhe haben den nötigen Halt in der mit Moos und Gestrüpp bewachsenen zerklüfteten Felswand.

„Sie sind nicht die Helden, für die ihr sie vielleicht haltet. Sie bringen uns Wäldler in Verruf", flüstert er weiter.

Es ist schon dunkle Nacht geworden. Der eine kann den anderen kaum noch sehen und die beiden, Karl und Hannes, machen sich auch Gedanken darüber, dass die Großeltern nach ihnen suchen werden.

Sie können aber ihre Deckung im Felsen noch nicht verlassen. Erneut kommen Leute in den Tunnel von ihrer Seite aus und andere gehen bepackt mit Wild auf dem

Rücken hinaus. An den langsamen und dumpfen Schritten können sie die schwere Last der Träger erkennen.

„ Kom, hal mech fest, bes ech dan Härsch off dr Schultr ha", („ Komm, halt mich fest, bis ich den Hirsch auf der Schulter habe"), sagt einer der Männer zu dem anderen.
„Wue es dr Färschter, hoat äner em Darf gesinn.
Doa traut sech jue suwisu käner von dann Leid en dan donkeln Waald", („ Wo ist der Förster? Hat ihn jemand im Dorf gesehen? Da traut sich sowieso keiner von den Leuten in den dunklen Wald"), sagt ein anderer.

Nach einer Weile emsigen Treibens scheint es nun endlich in dem Tunnel still zu werden.
Einmal hören sie einen Schlag auf dem Waldboden. Da ist einer der Wilddiebe mit seiner Last gestürzt und die anderen Gesellen haben ihn schnell wieder auf die Beine geholfen, damit der Transport des Wildes zügig zu Ende gebracht werden kann.

Karl und Hannes haben die Vermutung, wer ihnen da unter die Arme gegriffen hat und Karl sagt: „Bist du der Christoph ?"
„Ja, ihr zwei, einmal habe ich euch schimpfen müssen, weil ihr nur Blödsinn gemacht habt. Aber euer Großvater hat gesagt, dass ihr euch gebessert habt."

„Meine Güte, was werden unsere Großeltern jetzt denken? Es ist schon Nacht und wir sind noch nicht zu Hause", sagt Hannes.
„Seid froh, dass es so ausgegangen ist und ihr ungeschoren nach Hause zurückkehren könnt. Eure Großeltern werden euch das verzeihen", sagt der Christoph und legt einen Zahn zu.
Er ist schon ein alter Mann und doch noch so rüstig, dass er mit seinen siebzig Jahren viel in den Wald geht und noch auf die Berge steigen kann.
Die Wilderer sind den Berg in Richtung Gera hinuntergelaufen und Christoph läuft mit den Jungen direkt über den Berg hinweg nach Lütsche. Er kennt sich in den Wäldern um Lütsche, ob bei Tag oder Nacht, am besten aus. Trotz seines schon hohen Alters bringt er die Jungen sicher und wohlbehalten nach Lütsche zurück.

Vor dem Haus der Großeltern öffnet Christoph seinen Rucksack, holt einen toten Hasen heraus und drückt ihn Karl in die Hand: „Das kannst du der Großmutter geben, es wird den Ärger über euer Ausbleiben etwas besänftigen", und ist auch schon wieder im Wald verschwunden.
Die beiden kratzen leise an der Haustür. Es dauert nicht lange und der Großvater öffnet die Tür. Er hat den ganzen Abend nach den Jungen gesucht und deshalb vor Aufregung kein Auge zugemacht.
Jetzt fallen von den Jungen die ganze Aufregung und die Ängste, die sie hatten, mit einmal wie ein Gewitter von ihnen ab.
Heulend stehen sie vor dem Großvater und bringen kein Wort heraus.

Er sieht die Unglücklichen vor sich stehen und nimmt sie in seine Arme.
Er ist überglücklich, dass seine Enkelsöhne wohlbehalten nach Hause kommen.
Schnell hilft er ihnen hinein, wo die Großmutter, die auch nicht schlafen konnte und die Ankunft der Kinder vernommen hat, Milch auf dem Herd erwärmt und den beiden ein Stück Streuselkuchen, der eigentlich für den Sonntag gedacht ist, zum Essen gibt.
Das ist für die zwei ein anstrengender Tag gewesen, den sie erst einmal verarbeiten müssen, aber die Großeltern werden ihnen dabei helfen.

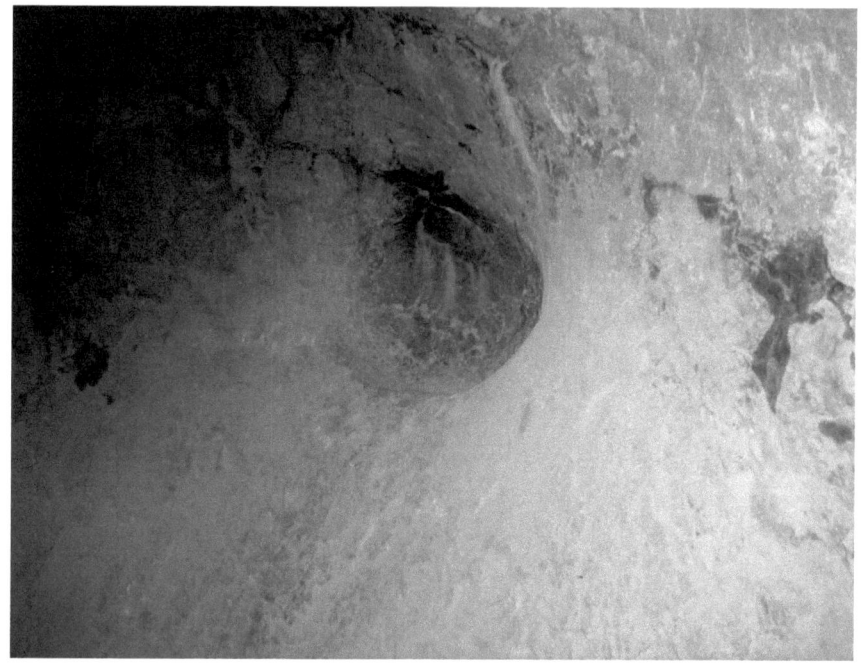

Kleine Nische innerhalb des Tunnels

Es vergeht noch eine Woche, in der die zwei mit dem Großvater in den Wald gehen und ihm bei seiner Arbeit behilflich sind.
Sie helfen auch der Großmutter im Garten und auf dem Feld und merken beide, dass sie auch bei der Arbeit im Wald oder auf dem Feld Spaß haben können, ohne jemanden zu ärgern.
Abends sitzen dann die beiden neben dem Großvater auf der Ofenbank. Die Großmutter sitzt am Küchentisch und zupft mit den Händen die Teeblätter von den Stängeln, um sie am nächsten Tag im Garten in der Sonne zu trocknen. Karl und Hannes warten dann immer darauf, dass der Großvater endlich beginnt, ihnen wieder eine kurze Geschichte zu erzählen.
„ Wisst ihr beiden, ich habe vor zwei oder drei Jahren eine Zeitung bekommen und wartet einmal, ich müsste sie noch in der kleinen Kiste auf dem Schrank liegen haben '', sagt der Großvater, steht auf und geht in den Nebenraum. Die beiden hören ihn die Kiste vom Schrank nehmen, auf den Tisch stellen und das Geraschel lässt seine Suche nach Zeitung oder Papieren ahnen. „ Ich hab sie gefunden", ruft er erfreut und kommt zurück in die Küche, setzt sich wieder auf den Stuhl neben dem Ofen und beginnt, den Kindern das Bild in der Zeitung zu zeigen.

„Seht Kinder, das ist eine alte Zeichnung von der Greinburg an der Donau, nebst Land in Österreich und ihr werdet es nicht glauben, das ist eine Enklave und gehört zu unserem Herzogtum Sachsen Coburg – Gotha. So weit ist das und doch gehört es zu unserem Herzogthum. Es gibt schon seltsame Sachen. Das Schloss wurde von 1488 bis 1493 an der Donau im Studengau/ Oberösterreich erbaut. Unser alter Herzog Ernst I. von Sachsen - Coburg und Gotha, geboren am 2.1. 1784 und gestorben am 29. 1. 1844 in Gotha, Gott hab ihn selig, erwarb das Schloss Greinburg 1823 zusammen mit der Herrschaft Greinburg. Eine Schwester von Ernst I., die am 23. 9. 1781 geborene Juliane, ist unter den Namen Anna Fjodorowna bekannt und russische Großfürstin. Der Bruder von Ernst I. Leopold, geboren am 16.12. 1790, ist seit 1831 der erste König der Belgier und seine andere Schwester Voctoire, geboren am 17. 8. 1786, ist Fürstin von Leiningen und Herzogin von Kent. Sie ist die Mutter der Königin Victoria.
Nach dem Tod von Ernst I. erbten Schloss Greinburg seine Söhne; der älteste Ernst II. und sein Bruder, der Prinz Albrecht August Karl Emanuel, auch Prinz Albert genannt, geboren am 26. August 1819 auf Rosenau bei Coburg.
Ja, und wisst ihr das tollste? Seit 1857, also vor zwei Jahren, wurde er durch die Heirat Prinzgemahl der englischen Königin Victoria, Königin von England und Irland, aber auch der Kolonien und anderer Länder, in denen sie das Oberhaupt ist. Nun seht ihr zwei, dass unser Thüringen auch in der weiten Welt bekannt ist.

Altes Siegel von der Herzoglichen Jagd - Direction zu Greinburg

Der Tag ist gekommen, an dem Karl und Hannes wieder zurück zu ihren Eltern fahren müssen, der Tag der Abreise.
Es fällt ihnen schwer, sich von dem Haus in Lütsche und vor allem von den Großeltern zu verabschieden.
„Passt bitte auf die Zwerge im Garten auf", sagt Hannes eindringlich. Sie gehen alle gemeinsam ein letztes Mal in den Garten, um sie sich noch einmal anzuschauen.
Danach bringen die Großeltern ihre Enkelkinder bis nach Gräfenroda zur Postkutsche. „Lebt wohl, ihr zwei kleinen Strolche", sagt der Großvater und drückt die beiden zum Abschied.
„Gebt auf euch Acht und besucht uns wieder", sagt die Großmutter mit Tränen in den Augen und streichelt über die Köpfe der beiden Jungen. Hannes und Karl steigen in die Postkutsche. Als die Kutsche anfährt, winken die beiden den Großeltern noch so lange zu, bis sie sie nicht mehr sehen können.

Es sollte das letzte Mal gewesen sein, dass Karl und Hannes Ihre Großeltern gesehen haben.
Dadurch, dass es im Dorf Lütsche Streitigkeiten gibt, die Häuser angekauft und abgerissen werden, sollten die beiden lieber nicht mehr zu den Großeltern kommen.

Die Jahre vergehen, Hannes und Karl werden älter. In der Schule müssen sie jetzt mehr lernen und haben auch vielerlei Interessen.
Die Großeltern müssen von Lütsche wegziehen und leben noch ein paar Jahre bis zu ihrem Tod in Dörrberg.

Liebe Leser, die Geschichte nähert sich dem Ende und ich danke euch ehrlichen Herzens für eure Aufmerksamkeit.

Karl lebte in Erfurt, war verheiratet und arbeitete als Arzt. Er hatte selbst einen Sohn bekommen.
Hannes war Lehrer an einer Schule in Jena, lebte mit seiner hübschen Frau in einem Haus mit Garten und hatte eine Tochter.

Erinnerung an die Kindheit bei den Großeltern

Immer, wenn sich die beiden treffen, unterhalten sie sich ausführlich über die schönen Zeiten von damals, sowie natürlich über ihre Streiche bei den Großeltern, die sie so geliebt haben, in dem kleinen Dorf Lütsche bei Gräfenroda. Aber auch über manch böse Erfahrungen, die sie dabei machen mussten, wie der Zorn des Berggeistes und die Zwerge, die sie eines Besseren belehrten.
Wehmütig denken sie an die Großeltern, die nun nicht mehr am Leben sind, an ihr geliebtes Feriendorf Lütsche, das nicht mehr existiert, da es dem Erdboden gleich gemacht wurde und ebenso die schönen Wälder, in denen sie so vieles erleben durften.

So fassen sie den Entschluss, noch einmal an den Ort zurückzukehren, wo einst ihre Großeltern gelebt haben.
Und so kommt es, dass sie wie damals mit der Postkutsche nach Gräfenroda fahren. Wie damals haben sie jeder einen Rucksack auf dem Rücken und laufen den gleichen Weg wie einst über die Wiese zum Lütschegrund und zu der Stelle, an der das Haus der Großeltern gestanden hat.
Mauerreste, Stücke von verwitterten Holzzäunen, verwilderte Sträucher von Stachel – und Johannisbeeren, noch erkennbare Wege und verschiedentlich Holzpfähle, an denen die Haustiere einst angebunden standen, zeigen sich ihren Blicken.
 Die Sonne brennt ihnen ins Gesicht. Eine wohltuende Wärme breitet sich über ihre Körper und vom Wald trägt ein sanfter Wind den Duft der Bäume und Gräser zu ihnen herüber.
In Gedanken können beide die Stimmen der Menschen von Lütsche hören, die Kinder mit ihren einfachen, primitiven und selbstgebauten Spielsachen sehen. Sie haben ein unvergessenes Strahlen in ihren Augen, welches die Sorgen, das Leid, und die Not der Menschen überdeckt.
Nie war ein Tag wie der andere, der Ort blieb der gleiche. Doch es gab immer neue Begebenheiten, selbst der stete Kampf ums Überleben gab ihnen das Gefühl einer Zugehörigkeit. - Hier sind wir zu Hause – hier ist unsere Heimat. Trotz Hagel und Sturm, trotz Hunger und Durst, trotz Eis, Schnee und Kälte, es war ihr Leben.
Karl wischt sich mit dem Handrücken Tränen aus den Augen. Ob diese von der Sonne rühren, die ihnen ins Gesicht scheint oder es die Erinnerungen an die Großeltern sind, gibt er auch Hannes nicht preis.

„Sie haben uns den Ort unserer Erinnerung genommen, aber nicht die Erinnerung selbst", sagt Karl nun fast feierlich.

Sie sind beide traurig und um sich wieder etwas aufzuheitern, unterhalten sie sich über die kleinen Zwerge.
„Die haben es uns gezeigt", sagt Hannes.
„Aber es war gut so, wer weiß, was wir sonst noch für Blödsinn gemacht hätten", sagt Karl mit einem wiedergefundenen Lächeln.
Hannes meint irritiert: „Nur, wir hatten sie so schön in den Garten gestellt und dann wurden sie bestimmt zusammen mit den Häusern entfernt".

Und so reift in den beiden jungen Männern die rettende Idee.

Geburtsstunde der Gartenzwerge

Hannes und Karl wissen, dass es seit Jahren in Gräfenroda mehrere Tonwarenhersteller gibt und vielleicht ist es möglich, dass ihnen jene die Zwerge nachbilden können, die ihr Leben derart geprägt haben.
Als sie wieder zu Hause sind, der eine in Erfurt und der andere in Jena, macht ein jeder von ihnen eine Zeichnung, so wie die Zwerge in ihrer Erinnerung ausgesehen haben.
Danach wollen sie die Zeichnungen vergleichen und wenn die Bilder einer Übereinstimmung nahe kommen, wissen sie, dass die Zwerge so ausgesehen haben könnten.
Als Karl und Hannes sich wieder in Erfurt treffen, können sie feststellen, dass die Abbildungen der Zwerge tatsächlich übereinstimmen und einem Besuch bei einer Keramik- oder Tonwarenherstellerfirma nichts mehr im Wege steht.
Sie fahren nach Gräfenroda und legen die Zeichnungen dem Keramik-Hersteller auf den Tisch. „Wir werden unser Bestes versuchen, aber es wird eine geraume Zeit in Anspruch nehmen, bis wir die Formen zum Gießen hergestellt haben. Erst danach können wir eure Zwerge fertigen", sagt der Chef des kleinen Unternehmens zu ihnen.
In der guten Hoffnung auf einen Erfolg ihres Anliegens fahren sie wieder in ihre Städte zurück und warten fortan Tag für Tag auf eine Nachricht über das erfolgreiche Gelingen ihrer Zwerge.
 Nach etwa zwei Wochen bekommt Karl ein Schreiben von der Keramik-Fabrik. Darin wird mitgeteilt, dass die

Gartenzwerge nach den Zeichnungen gefertigt wurden und abholbereit im Büro des Firmeninhabers stehen. Am darauffolgenden Wochenende macht sich Karl auf den Weg in die Keramik-Fabrik nach Gräfenroda und ist dort angenehm überrascht. Genau so hat er sich die Zwerge vorgestellt und genau so haben sie auch ausgesehen, die Zwerge in dem Garten der Großeltern. Er kann nicht genug von ihrem Anblick bekommen und steht wortlos im Büro des Firmenchefs. Der befürchtet schon, da Karl wortlos und ohne eine Miene zu verziehen an der Tür stehenbleibt, dass sie ihm nicht gefallen könnten und fragt: „Die Zwerge gefallen wohl nicht? Dann müssen wir noch einmal neue Modelle machen." Ganz überrascht von dieser Frage antwortet Karl: „Nein nein, um Gottes willen, ich hätte nicht gedacht, dass diese Zwerge den echten so ähnlich sehen. Ich bin nur von diesem Anblick so angetan, dass ich mich nicht traue, sie auch anzufassen." „Nun kommen Sie schon, sie tun Ihnen doch nichts. Uns haben sie auch nichts getan und Sie dürfen sie ja auch mitnehmen, dann können Sie sie auch anfassen", sagt der Inhaber etwas schmunzelnd zu Karl. Beide verpacken die Zwerge vorsichtig in einer kleinen Holzkiste. Karl klemmt sich diese, nachdem er bezahlt und sich noch mehrmals bedankt hat, unter den Arm und läuft mit einem strahlenden Gesicht zur Postkutsche, die schon etwas länger auf ihn wartet. Zu Hause in Erfurt gibt es eine Freude. Die gesamte Familie geht im Gänsemarsch in den kleinen Vorgarten des Hauses und stellt die kleinen Zwerge in die Blumenbeete. Die Nachbarn sehen aus den Fenstern und Karl hört sie sagen: „ Das sieht aber schön aus, die kleinen Männchen im Garten. Wo kann man diese denn erwerben?

„Ja", sagt Karl, „ die werden hinter Arnstadt, in Gräfenroda, hergestellt. Man freut sich bestimmt, wenn andere auch Interesse an den kleinen Zwergen haben."
Die darauffolgende Woche kommt Hannes mit seiner Familie zu Besuch. Auch er ist von diesem Anblick angetan. „ Ich hätte nicht gedacht wie gut diese kleinen Männchen in den Garten passen" und hat noch eine andere Idee: „Wie wäre es, wenn wir auch von unseren Großeltern je eine Figur fertigen lassen?" Gesagt, getan. Wieder setzen sie sich zusammen an den Tisch und zeichnen aus ihren Erinnerungen Bilder von den Großeltern. Auch hier wird ihnen in Gräfenroda geholfen und das Resultat spricht für sich. So wie sie ihre Großeltern kannten, stehen sie nun als Miniaturen vor ihnen und beide sind glücklich. Die Gartenzwerge beginnen ihren Siegeszug, von Garten zu Garten, von Haus zu Haus, von Ort zu Ort. Sie überwinden große Entfernungen und machen auch vor dem Wasser nicht halt. Ein jeder, der diese kleinen Wichte sieht, findet Gefallen an ihnen und möchte sie in seinem Haus oder Garten haben. Sie verleiten die Kinder zum Träumen.
Viele Geschichten werden über sie erfunden und erzählt. Einmal sind sie die Schalke, die ihre Streiche machen und die Leute ärgern und das andere Mal sind sie diejenigen, die helfen und anderen zur Seite stehen. Und so stehen sie nun in unseren Gärten, hoffentlich noch für eine lange Zeit. Der Berggeist hat nun mehrfach seinen Willen bekommen. Wer weiß schon, wo die echten Zwerge abgeblieben sind? Vielleicht tauchen sie hier oder dort doch noch einmal auf.

Aus dem Gartenzwerg-Museum Gräfenroda

Aus dem Gartenzwerg-Museum Gräfenroda

Eigene Zwerge

Der Kreiser (Waldwart) Johann Christopf Graf starb am 17.02.1864 im Alter von 76 Jahren.

Der bekannteste Schultheiß von Lütsche Ernst Catterfeld wurde an einem Sonntag, dem 04.08.1867 im Wald bei Oberhof erschossen.

In einem Auszug aus dem Tagebuch eines Oberhofer Kreisers (Waldwart) ist zu lesen:
„Am 4.8.1867 Sonntagnachmittag haben die Soldaten einen von den Wilddieben erschossen.
Es war Ernst Catterfeld von Gräfenroda, früher Schulz von Lütsche."

War es die Verknüpfung misslicher Umstände, die dazu führten, dass Catterfeld sich zu einer ungünstigen Zeit im Wald aufgehalten hat?
Er sollte einem Freund behilflich sein, das Wild, welches dieser am Vortag in der Nähe von Oberhof geschossen hatte, nach Hause zu tragen.
Die Frau des Schultheiß war gegen sein Tun und hätte es lieber gesehen, wenn er sich von denen fernhielt, die, wenn auch nur zum eigenen Verzehr, wildern gehen. „Bleib zu Hause und achte lieber auf deine Gesundheit, als schon wieder im Wald umherzulaufen und anderen zu helfen. Wenn du nicht mehr kannst, kommt keiner, der dir hilft", sagt seine Frau. „Mach nicht so ein Getue", antwortet der Schultheiß und fügt hinzu: „ Außerdem bekomme ich ein Stück von dem Wild, was er geschossen hat". Da reicht es der Frau. " Ich habe dabei ein schlechtes Gefühl, du sollst dich vom Wildern fernhalten und auch von den Leuten, die

wildern. Du bist nicht mehr der Jüngste, denk daran". Doch der Schultheiß ignorierte einfach die Bedenken seiner Frau. So lief er mit dem Freund hinauf nach Oberhof. Auf dem Weg dahin unterhielten sie sich über die Beute, wie sie diese vor Ort zerteilen werden, um sie besser transportieren zu können. Eine Waffe hatten sie nicht dabei, die hatte der Freund am Vorabend, nachdem er das Wild erlegte, im Dickicht versteckt.
Oben angekommen, geht der Freund zum Wild und bittet der Schultheiß, das Gewehr hinter einem Gebüsch hervorzuziehen und es unter seiner Jacke zu verstecken.
Der Schultheiß sucht nach dem Gewehr und findet es auch hinter dem Gebüsch. Er hebt es auf und will es in der Jacke verstecken. Als er es gerade in der Hand hält, fallen zwei Schüsse und treffen ihn in den Rücken. Er fällt nach vorn auf den Waldboden.
Was die beiden nicht wussten: zwei Forstsoldaten durchstöberten den Wald um Oberhof, um Spuren von geschossenem Wild und Wilderern zu entdecken. Die haben das geschossene Wild im Dickicht gefunden und sich dort auf die Lauer gelegt. Als der Schultheiß das Gewehr in der Hand hielt, haben sie ihn aus Angst in den Rücken geschossen.
Das war sein Ende.

Wie auch immer, schloss er den Kreis der Mysterien um das Dorf Lütsche, die Leute vom Rennsteig und die Wäldler im Allgemeinen.

Wenn man des Abends bei einer anmutenden Stille das Dunkel der Nacht und die Umgebung auf sich wirken lässt, hört man die Stimmen der Geister derer, die zu ihren Wurzeln nach Lütsche zurückgekehrt sind und sich vieles zu erzählen haben. Sie berichten aus vergangenen Zeiten, als sie noch im Schutze ihres heimischen Bodens und unter der Geborgenheit vertrauter Menschen ihre Tage verbringen konnten, über den Verlust ihrer Heimat und das Leben in der Fremde.

Aus dem Zwergenpark Trusetal in Thüringe

Gräfenroda/Thüringen, Geburtsort der Gartenzwerge

Einige Gartenzwerg – Hersteller

Ausgestellt im Zwergenpark-Trusetal

Eckardt & Mentz Gräfenroda 1864-1945

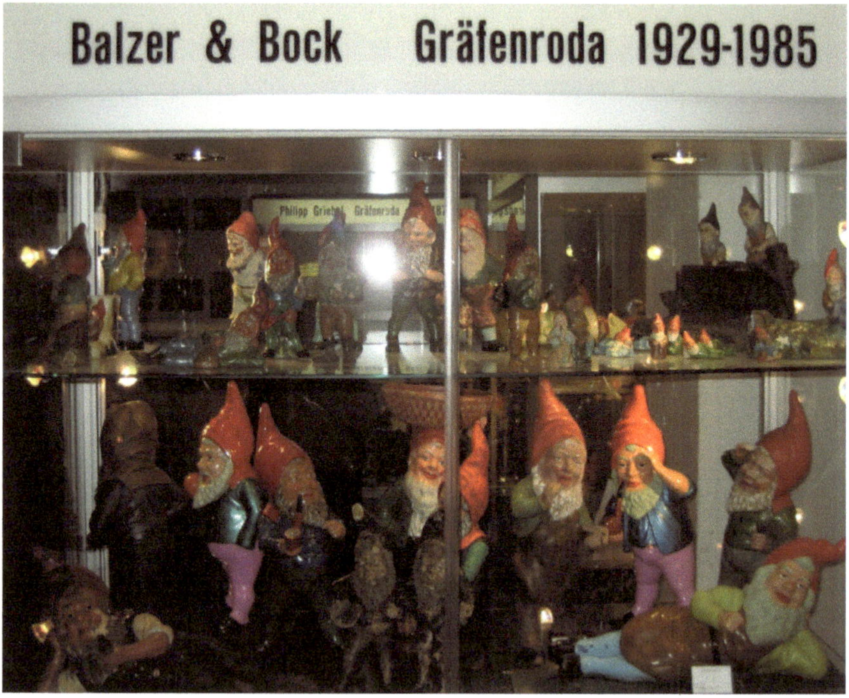
Balzer & Bock Gräfenroda 1929-1985
Philipp Griebel Gräfenroda

Erich + Günter Griebel Rot am See gegr. 1954

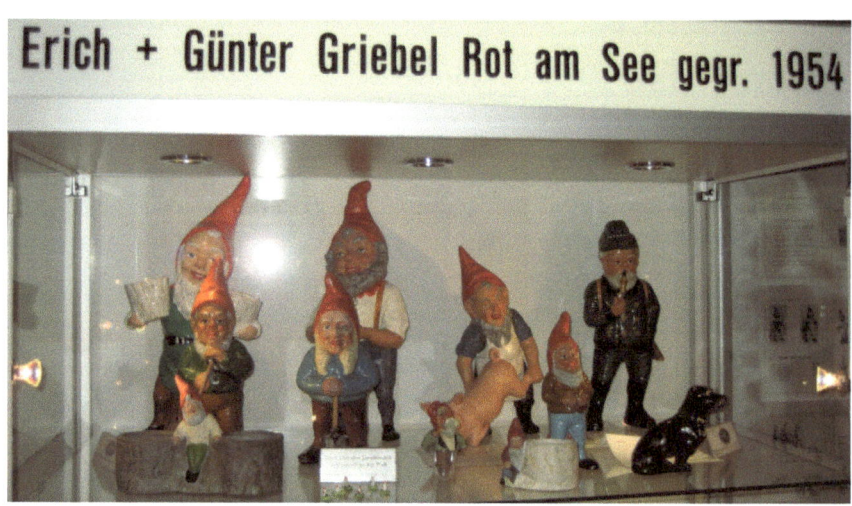

Herstellung eines Gartenzwerges   (Gussformen)

Es werden Einzelteile gegossen und danach zusammengefügt

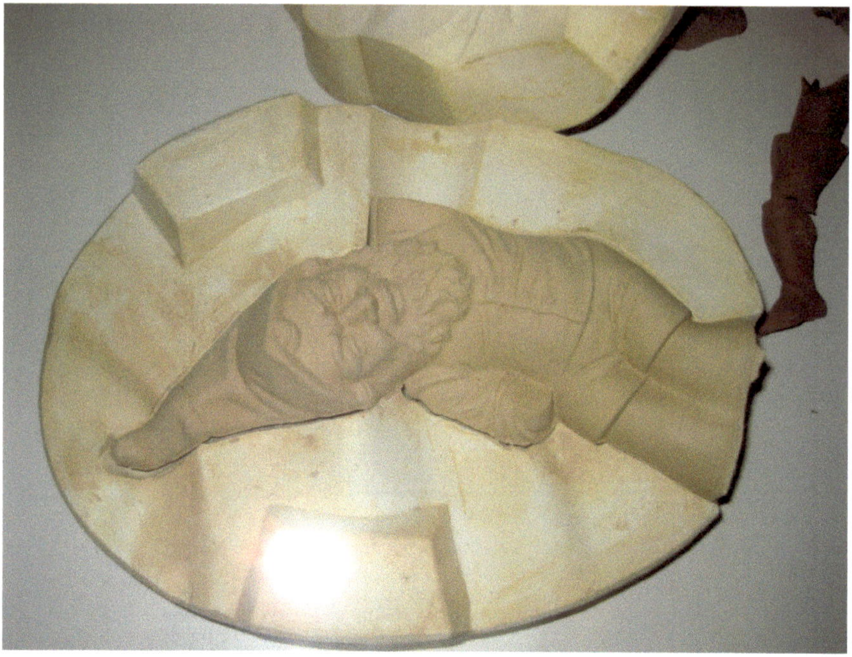

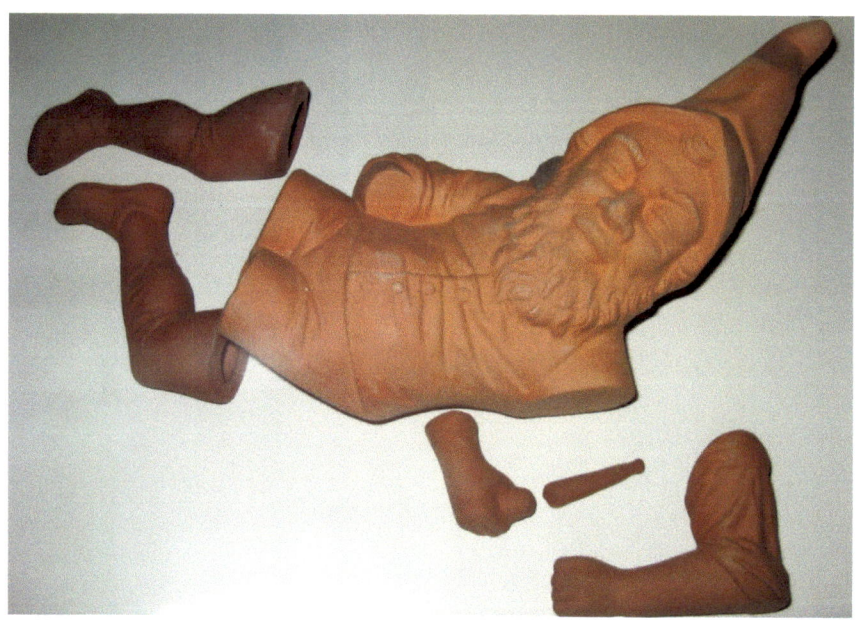

Wenn wir die Gegenden um Lütsche, Dörrberg, Gräfenroda Gehlberg, Oberhof, den Ausgebrannten Stein, die Schmücke und den Schneekopf durchwandern, ist es nie langweilig. Immer wieder kann man etwas Neues entdecken. Die Mystik, die Gedanken an die längst vergangenen Ereignisse sind ein ständiger Begleiter und es hat schon etwas Besonderes, was man in der Stille des Waldes und auf den Bergen spüren kann. Ein Blick von den Gipfeln über die Berge in die Täler hinein lässt uns eines Vogels Sicht erahnen und seine Schwerelosigkeit verstehen.

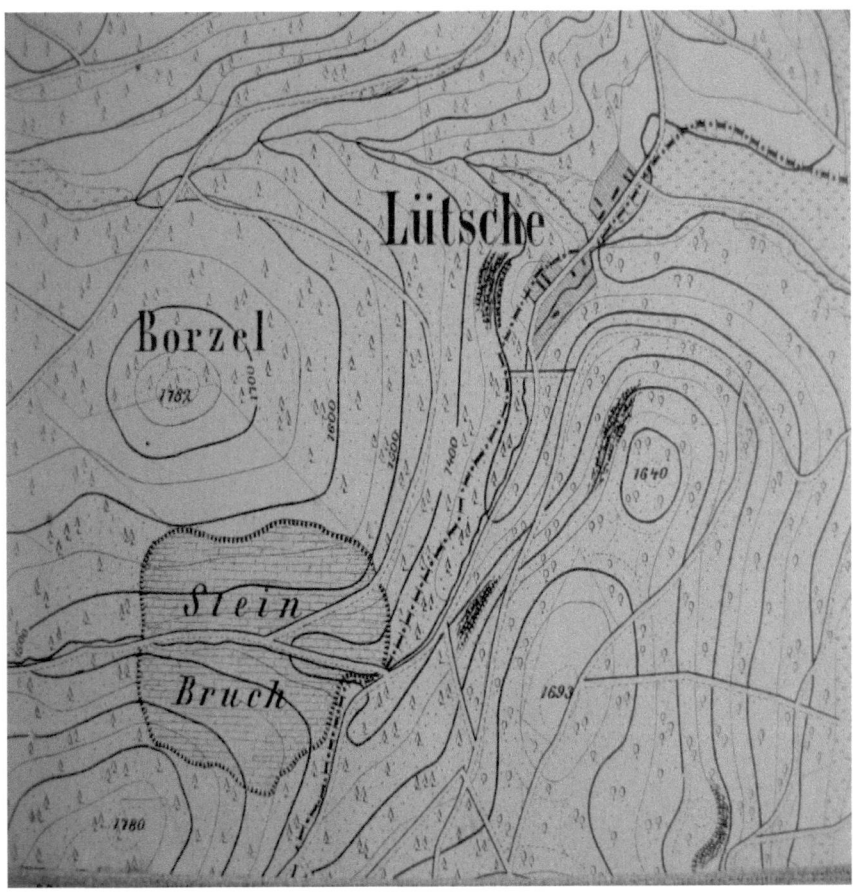

Das Dorf Lütsche auf einer Karte von ca. 1850 mit dem Steinbruch am Borzel, wo der Porphyrstein gebrochen wird.

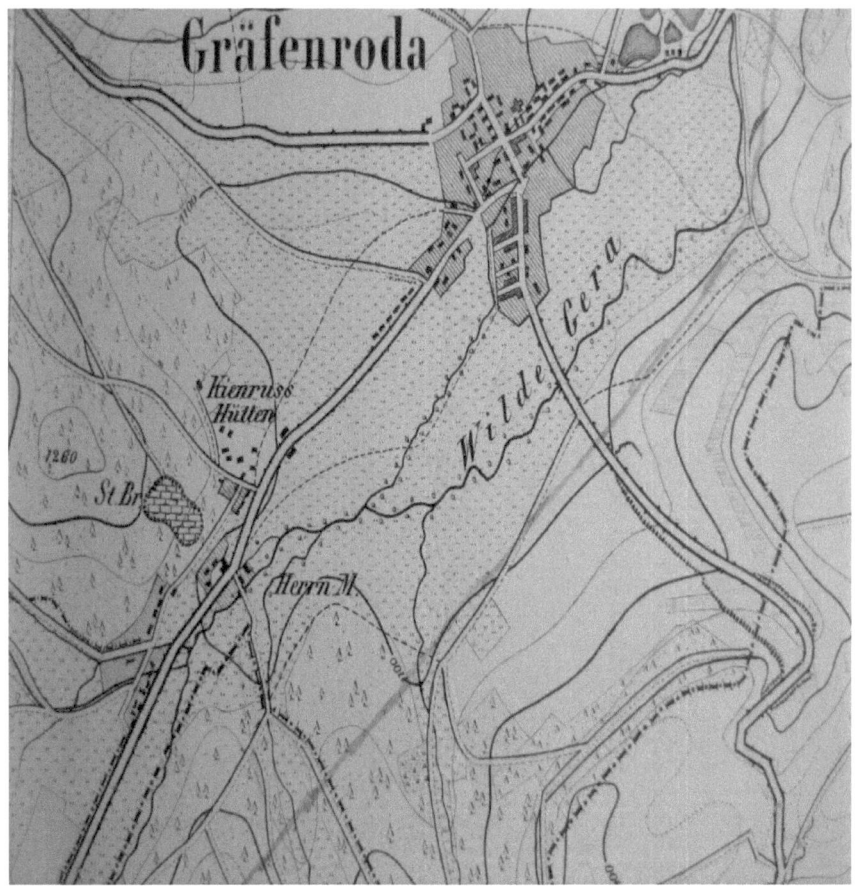

Hier befinden sich kurz vor Gräfenroda, neben den Steinbrüchen die Kienruß-Hütten, in denen Lütscher als Tagelöhner arbeiten.

Altes Bild mit einer Darstellung des Dorfes Lütsche – befindet sich im Sitzungszimmer der Gemeinde Frankenhain.

Schneekopfkugel

Schneekopfkugel

Schneekopfkugel

Lebt wohl und denkt an uns, aber auch an den Herrn der Berge - irgendwann werden wir uns wiedersehen.

(Zwerg aus dem Zwergenmuseum Gräfenroda)

Dank der Firma Griebel, Gartenzwerge-Hersteller-Museum Gräfenroda in Thüringen.
Dank dem Zwergenpark-Museum Trusetal in Thüringen.
Dank der Gemeinde Frankenhain.
Bild und Quellennachweis:
Hermann Anders Krüger: Verjagtes Volk, 1924.
Luise Gerbing : Die Flurnamen des Herzogtums Gotha und die Forstnamen des Thüringer Waldes, 1910.
Gemälde Lütsche von der Gemeinde Frankenhain.
Thüringer Staatsarchiv, und Uni Forschungsbibliothek Erfurt / Gotha - Zeitschriften, Zeitschriften – Heimat-Glocken von Gräfenroda.
Julius Kober - Vom groben Joel auf der Schmücke-Gotha 1939.
Seite 4,32,64,84 sind Zeichnungen von Ursula Weiß.
Seite 48 alte Postkarten um 1900 aus eigener Sammlung.
Seite 4,9,12,16,22,24,29,4953,56,57,67,7274,78, 83,101,102,104-108,119,120,123,131-133,137-151,153-159 sind eigene Fotos.
Geschichte des Herzogtums Sachsen Coburg und Gotha - Schul und Lehrbücher.
Sage vom Jägerstein – Ludwig Bechstein, der Sagenschatz-Thüringer Landes 1837.
W. Gräser- Der Jägerstein am Schneekopf 1935
Landkarte 389. Crawinkel
Cover Bild- Zwerg Griebel-Gräfenroda, Zwerg Trusetal, Bild Frankenhain, Zeichnung Ursula Weiß-Buchrücken - Zwerg vom Zwerkenpark Trusetal.